序幕

「活著的目標・b」

—life goes on.·b—

序幕「活著的目標・b」

—life goes on.・b—

「妳回來啦，奇諾。」

站在森林小木屋前的老婆婆說道。

映入老婆婆眼簾的，是騎著漢密斯並熄掉引擎的奇諾。她用側腳架把漢密斯撐起來，並敞開先前為了不讓風吹亂而緊扣的大衣前襟。

「我正想說妳差不多該回來了呢！歡迎妳回來。」

奇諾走向老婆婆說：

「我回來了——師父。」

黃昏的天空還很亮，西方逐漸渲染開來的紅色，以及東方已經加深濃度的藍色不斷擴散。兩人併肩站在木屋前方的涼臺，眺望森林上方寬廣的天空。

沒有人開口說話，就這樣任時光流逝。此時奇諾念頭一轉，摘下附有防風眼鏡的帽子。

「妳剪頭髮了，奇諾。」

老婆婆說道。奇諾輕輕用左手撥弄略為蓬鬆的頭髮說：

「是啊，我很喜歡！」

「真的很好看，我也很喜歡喲！」

「我也一樣——」

在涼臺下方的漢密斯也附和說道。

奇諾將右手伸到大衣下方位於右腿的槍袋，並拔出裡面的說服者。她槍管朝下槍托朝上地遞給老婆婆。

「這個還妳，謝謝了。」

老婆婆接下之後，仔細確認裝填在裡面的五發子彈。

「不客氣。」

老婆婆輕輕鬆鬆準確地把它插進左邊腰際。

「該做的事都做好了嗎？」

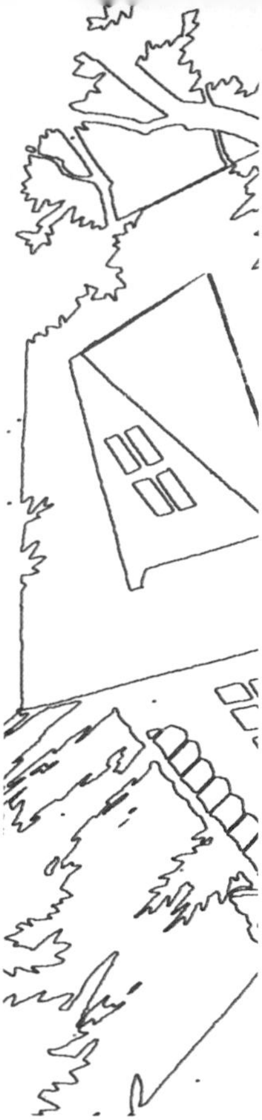

老婆婆露出淡淡的笑臉詢問奇諾。

「做好了。」

奇諾簡短回答。然後，

「不過正因為這樣，我……接下來該如何是好？——該做什麼才好呢？」

老婆婆回答她：

「那只能靠妳自己去想才找得到答案喲！」

披著大衣的奇諾站著不動思考了好一會兒。不久她把臉轉向老婆婆說：

「師父……如果可以的話，我希望變強。」

「這想法不錯，我會盡其所能指導妳的。妳覺得如何？」

「謝謝，那就拜託妳了。還有——」

「還有什麼？」

「我想再聽聽師父旅行的趣聞，請妳多說一些給我聽。」

老婆婆點了好幾次頭說：

「可以啊！——奇諾妳真的很喜歡聽我旅行的事哦。我有跟妳說過山之國的領袖因為厭煩工作而逃走的故事嗎？」

奇諾搖頭代替回答。

「另外還有一個故事——」

老婆婆邊說邊走進屋裡。

「那個也還沒說過，所以一定要——」

奇諾也邊說邊走進屋裡。

漢密斯則一語不發地目送兩人的背影。

等到那兩個人進屋看不見人影之後，

「咦？怎麼……等一下，我也要聽啦！」

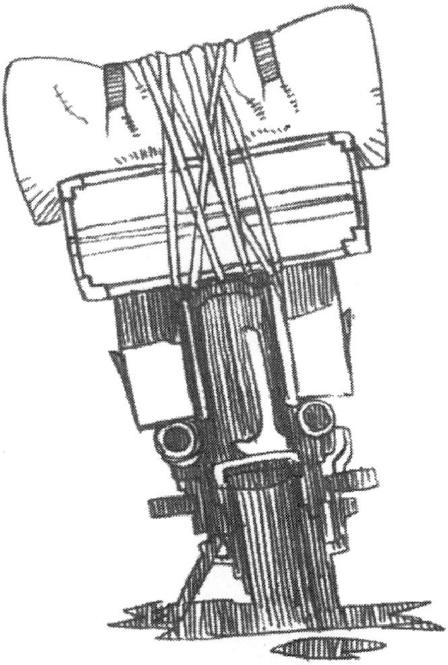

第一話
「困擾之國」
—Leave Only Footsteps!—

第一話「困擾之國」
—Leave Only Footsteps!—

小河邊停著一輛摩托車（註：兩輪的車子，尤其是指不在天空飛行的交通工具）。那是一輛後輪兩側跟上方都堆著行李的摩托車，而且用腳架立著。

潺潺的小河大約是小孩子跳得過去的寬度，它流經的地方把平坦的土地沖刷得有些塌陷。

那裡是處於山區夾縫之間的平原。

位於南北兩側的堅硬岩層山脈平行延伸，較高之處還殘留著些許白雪。

在山脈群之間，是一片寬廣平坦的大地。被草木覆蓋的綠意，順著灰色的山間延伸。

摩托車騎士坐在摩托車另一邊的草皮上。她把雙腿往前伸直，兩手往後撐在地上，抬頭仰望著天空。幾朵白雲在藍天與春天和煦的太陽襯托下飄動著。

騎士年約十五、六歲，有著一頭黑色短髮及炯炯有神的容貌。她身穿黑色夾克，腰際繫著一條粗皮帶。右腿懸掛著左輪手槍式的掌中說服者（註：說服者是槍械。這裡是指手槍）的槍袋。她腰際後面還掛著另一挺自動式槍枝。

「傷腦筋。」

騎士說著並往下看。

「那怎麼辦，奇諾？妳考慮好了沒？」

摩托車從後方詢問。名喚奇諾的騎士輕輕點頭說：

「嗯。——還沒。」

「那不是白搭嗎？」摩托車如此說道。奇諾表情略帶不悅地站起來，然後輕輕把屁股上的雜草葉片拍掉。

「說的也是，漢密斯。我還是先……」

奇諾邊說邊走近名叫漢密斯的摩托車，並打開他後輪旁的箱子，從裡面拿出一團像是用長繩索捲成的球。

「妳要幹嘛？」

漢密斯問道。奇諾輕輕戴上放在載貨架上的帽子，然後走向離自己最近的兩棵樹。

「在我想到什麼好辦法以前——」

「在那以前怎樣？」

「我要先睡覺。」

「啊？」

奇諾解開手中那團球狀物。那是用繩索跟細網做成的簡單吊床。她熟練地把它綁在兩側樹木的枝幹上使其懸空。再把腰後的說服者連同槍袋拿下來。

「…………」

奇諾一語不發地望著它好一會兒。這把有著四角形槍管的說服者幾乎露出槍袋一大半。奇諾稱它為「森之人」。

之後奇諾把「森之人」的槍袋套在腹部位置的皮帶上。

「反正天氣晴朗又暖和，趁機睡個午覺也不錯。」

坐在吊床中央的奇諾，小心翼翼把雙腳跟上半身擺好位置，以免從上面翻下來。吊床晃動了一下，不久便停了下來。

「有什麼事麻煩通知一聲哦。」

奇諾對漢密斯說完這句話就把帽子蓋住臉部。

「傷腦筋，真拿妳沒辦法。」
看著立刻睡去的奇諾，漢密斯獨自碎碎唸道。

小河裡有一處小沙洲，土裡殘留著些許水，映照出小小的藍天。
這時候那處積水開始緩緩震動，細微的漣漪朝沙洲的中心聚集，映照的藍天開始搖動。
「奇諾！」
聽見漢密斯大聲喊叫，奇諾隨即滑下吊床，兩手保護身軀趴在草地上，帽子則掉在旁邊。
趴著不動的奇諾快速環顧四周，然後小聲地問漢密斯，
「怎麼了？」
漢密斯語氣一如往常地說：
「是地面，妳不覺得地在搖嗎？」
「地面在搖？」

奇諾剎時感到訝異，她沉默了幾秒，然後歪著頭沉思。
「我還沒有感覺耶。」
奇諾拾起帽子站起來，並輕輕拍掉身上的泥土與樹葉。右手則持續貼近腰際的說服者，然後問漢密斯。
「會不會是地震啊？」
「不是。搖晃的程度雖然不大，卻有越來越厲害的感覺。」
「這樣的話……」
奇諾歪著頭思考。
「其實很簡單，就是有什麼物體正慢慢接近這裡嘛！」
漢密斯毫不在乎地說道。奇諾左右看看東側與西側毫無變化的景色。
「你說有什麼物體……是什麼？」
面對奇諾的詢問，
「不曉得。」
漢密斯如此回答。

過沒多久，終於有答案了。
奇諾看著小河沙洲的漣漪，
「地面的確在搖動，現在連我都能確定了。」
正當她說完這句話的時候，漢密斯叫奇諾看向東邊的森林。
奇諾回頭並站起來。然後看到了「那個」。

「那個」是一個國家。
跟其他國家一樣，它環繞著高聳的灰色城牆。除了看不出城牆材質的接縫以外，其外表並沒有什麼特別之處。
可是那個國家，竟然在動。
「它往這裡來了。」
奇諾目瞪口呆地看著出現在東側視野的國家。

樹林的後面，隱約看得到城牆較高的地方。而且那個物體的行動雖然緩慢，但很確實地往上升高。換句話說，它正往奇諾這個方向逼近。而且振幅也越來越劇烈。

「謎題終於解開了。」

漢密斯說道。

「的確沒錯……不過，那是什麼？」

眼睛瞪得老大的奇諾問道。漢密斯則毫不訝異地回答「不就是個國家嗎？」

「如果杵著不動，小心會被輾過喲！」

「我想也是。」

移動的國家筆直往她們這邊來。而且還響起類似風聲的低鳴。奇諾急忙解開吊床，把它捲好放回行李箱。然後把帽子跟防風眼鏡戴好，便跨上漢密斯發動引擎。

奇諾騎著漢密斯奔馳在草原上，並且繞到逼近的國家右邊，然後很快地停在它可能前進路線的旁邊。

她觀察這個近在眼前的國家。

那國家的城牆呈圓形，跟其他國家一樣設有等距離的瞭望台。是個面積不大，且能夠輕鬆橫越的小型國家。只差在那個國家會移動。伴隨著類似遠處雷鳴的重低音與振動，這國家逐漸逼近奇諾她們。

奇諾不斷拉高仰頭的角度，然後略為大聲地說：

「好壯觀哦……這國家在移動耶。我還是頭一次看到。」

「我也是。」

表示贊同之後，漢密斯立刻補了一句。

「怎麼辦，奇諾？要試著舉起大姆指嗎？」

奇諾看看漢密斯，

「這主意或許不錯呢……」

「可是對方如果突然對我們發動攻擊呢？」

「這就要賭賭看了……那就賭吧！反正我也沒想出什麼好主意。」

於是奇諾從搖晃的大樹暗處探出身子，對著那個國家用力揮手。

移動的國家每前進一步，就大肆掃倒前方的樹木。

在城牆下方有個很厚的基座。基座下方則裝了相當於一棟房子寬的巨大履帶，而且數量多到像蜈蚣的腳那樣數不清，它們不斷壓著大地緩緩轉動。被掃倒的樹幹捲進履帶下方，粉碎之後就消失得無影無蹤。

移動的國家逐漸遮蔽了天空，也擋住了略微北傾的春日，而奇諾也在它的陰影之下。

「看起來就像是一座山在動耶。」

漢密斯喃喃地說道。

在越來越劇烈的噪音與振動中，奇諾跟漢密斯聽到一個男人的聲音。

「請問是旅行者嗎？」

聲音聽起來好像就近在身邊，嚇得奇諾連忙回頭看。

「啊，我是在國家裡對妳們說話的，只是兩位聽起來覺得聲音很近而已。——妳是旅行者，希望入境嗎？」

奇諾再次揮手。接著，對方說：

「那麼請稍等一下。」

聽到這個聲音後，過沒多久噪音與振動就慢慢靜下來。

就在抬頭仰望的奇諾與漢密斯跟前，國家最後又發出一聲巨大的聲響後，才整個停下來。

此時奇諾與漢密斯站在門的前方，就位於這國家的正面，城門當著她們前面敞開並形成一段坡道。城門非常厚重，前端嵌在地面，坡道一直綿延到另一端，往上通往這個國家內部。

一輛小型車駛下坡道，發出些微引擎聲迎面而來，車上坐著一名男子，他穿著襯衫打著領帶，外面還罩著工作用的淺綠色夾克，是個年約四十歲的普通男子。

「妳好，旅行者。我是這個國家的入境審查員兼導遊兼警官兼其他。我國的公務員通常都身兼數職。」

把車子停在奇諾前面的男子說道。奇諾與漢密斯分別做完自我介紹，並告訴對方自己正在四處旅行。

「請問這個……應該是個國家吧？請問你們要去哪裡呢？」

奇諾如此問道，導遊點點頭說：

「是的，這當然是個國家。裡面有許多安居樂業的百姓。而且我們經常四處移動，目前正沿著平地往西前進。」

然後奇諾跟往常一樣，提出希望入境休息跟觀光的要求。

導遊馬上就說：「我們隨時熱烈歡迎客人入境。」又說：

「那麼，請問妳打算停留幾天呢？」

奇諾看了一下漢密斯，然後對導遊說：

「我希望停留五天至十天左右。」

「然後那個是動力爐。爐子產生的大量蒸氣會用來運轉發電機，其電力不僅推動這個國家，還供給所有照明設備。」

導遊透過厚厚的鏡片，指著眼前巨大的裝置說道。而奇諾坐在副駕駛座，漢密斯則置放在後面的載貨台。此時車子停靠在寬廣的道路上，那裡有個四周圍滿玻璃窗與牆壁的密閉空間，而且不斷地發出些許振動與微微的沈重聲響。

導遊指著裝置在玻璃窗上那些監視器，螢幕上映出裝置旁邊身穿工作服的工作人員。

「這個裝置會自動運作，所以這地方幾乎不需要我們操作。只要監視就行了。至於燃料，只要補給一次就能維持數百年，因此根本不需要事先預備燃料。最重要的則是保養、替換與清潔履帶及驅動馬達。那麼我們出發吧！」
車子靜靜地移動，在它行進的時候，奇諾問道：
「請問這裡的居民在這裡住多久了？」
「妳是指這國家的歷史嗎？其實我們也不太清楚。可能是某人發現這個移動的物體，然後把它當成國家移居進來。或是從很久以前就有人住在這兒吧。雖然至今仍是個謎，但既然實際情況已不可考，我們也不是很在意。」
「那你們是打算一直到處移動？還是找到不錯的土地之後再定居？」
漢密斯問道，導遊回答他們是基於兩個理由才一直持續移動。
「第一個是動力爐的問題。只要一停止，就需要花許多功夫和時間再次啟動，所以他們從不讓它停下來。而停止移動的時間過長的話，其熱量……也就是能源會供過於求。為了不讓這種情況發生，只好經常運轉履帶來消耗這些能源。而速度幾乎是人類步行的速度。」
「原來如此。」「嗯嗯。」

奇諾與漢密斯如此回應，接下來導遊開心地笑了起來。

「另一個理由，是跟所有旅行者一樣喲！——我們很喜歡欣賞各式各樣的風景，不斷變化的風景，所以才不斷移動。換句話說，我們全體國民都在旅行。」

「原來如此……真是不錯。那你們已經決定好路線嗎？」

「沒有。我們只是持續在這個遼闊的大陸移動。有時候到沙漠，有時候到草原，甚至有時候是到會造成生活極大不便的陡峭斜坡。相同的地方我們幾乎不會走第二次。就算會，大概每個人的一生裡也不會遇到。我們永遠不會二度出現在同一個地方的。」

奇諾搭的車子行走在國內的道路上。這條寬度只夠兩台車交會的道路遍布整個國家。而且四處看得到交叉路段跟紅綠燈。

車子爬上交流道。走到盡頭，正前方有個四角形的出口，發出刺眼的光芒，接著，車子來到了晴空下。

那裡是這國家最高的地方。在低矮的城牆包圍下，有個位於藍天下的綠色空間。那裡是一座巨大的公園，不僅鋪蓋著泥土，還有草皮跟森林，樹林裡不乏樹齡超過百年的巨大神木，甚至還有人工河川及小湖。

公園的確有公園的樣子，裡面有人來這兒散步或運動，有人躺在草皮上睡午覺，還有人開心地在湖面划船。

「這裡是最頂樓，也是唯一能直接曬到太陽的場所。這裡已經用來當做國民休憩的地方，也是中庭。為了公平起見，無論是誰，即使是總統都得在樓下生活。反正兩旁都有道路跟瞭望台。」

「原來如此。」

然後車子沿著城牆的坡道往城牆上方行駛，而城牆的上方就是道路。路面不寬，左右只有堅固但低矮的欄杆。往左邊望去是這國家的人造綠意，往右邊望去可看到下方大地的自然綠意。

「這不太適合有懼高症的人。」

漢密斯說道。

此時車子從城牆東邊，也就是跟國家行進方向相反的另一側出來。

「哇～」「好壯觀哦。」

奇諾與漢密斯不約而同地發出讚嘆。東邊大地上出現國家移動時留下的痕跡。

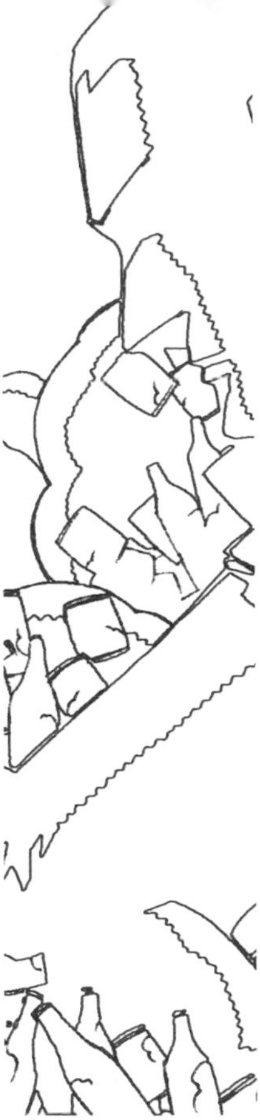

大量的履帶把大地翻起，樹木與花草被掃倒並壓扁，露出被翻亂的泥土。位於山脈間的棕色粗線，一直延伸到幾乎看不見。

「唯有這點實在是沒辦法解決。」

導遊略皺著眉頭說道。

「讓這片我們也深受其惠的豐富大自然留下這麼嚴重的痕跡，我們感到非常痛心。想必也造成了很大的困擾。可是，凡走過必留下痕跡。只能說這是不得已的，並祈禱這塊土地重新孕育出豐沛的綠意。」

那是個小卻整潔的房間。

裡面有一張床跟現在掛著奇諾的大衣的衣架及衣櫥，以及折疊式的桌椅。這些東西全都被固定住。

屋裡沒有窗戶，四周都是牆壁。其中一片牆壁裝了一台大型監視器，一半的螢幕映著白天的景色，另一半則是目前黑暗的模樣。

一走進房間，就看到佔去一半空間的漢密斯停放在裡面。除了用側腳架把它撐住，還特地用皮帶固定住，好讓他不會倒下。至於他身上沒有任何泥土的髒污。

奇諾從房間旁邊的門走出來。穿著胸口印有「四十一號室」的藍色長褲加襯衫的睡衣。她拿著毛巾擦拭濕淋淋的頭髮，然後掛在脖子上坐在床上。

奇諾說道：

「我真的是第一次遇到能像這樣充分使用熱水的國家呢！」

「這些水是循環使用的，搞不好明天午餐會喝到喔！」

漢密斯故意這麼說。

「我才不在意呢，至少比喝用布濾過的河川泥水好多了。」

「說的也是，妳怎麼會有那套睡衣？」

「他們說是給客人穿的，所以我就毫不客氣地借來穿囉。而且還有可盡量使用的毛巾呢。」

正當漢密斯說「這樣啊——」的時候，整個房間突然喀咚喀咚地像發生輕微地震般的晃動。

「會不會是正在越過岩石的關係，奇諾？——啊，停了，是不是壓碎了？」

「畢竟這整個國家都在動，真的好了不起哦。」

「困擾之國」
—Leave Only Footsteps!—

奇諾把毛巾掛在牆上，再取出藏在枕頭下的「森之人」。她從槍袋把它拔出來，一語不發地端詳片刻，然後再收好放回枕頭下。

「不知道這次入境是否能順順利利的？」

「不知道，那也要四、五天才會知道。——好了，我要睡了。」

奇諾躺在床上並鑽進薄毛毯裡。

「啊，奇諾——」

「有事明天再說，晚安。」

她如此對漢密斯說道。

「呃……『電燈』，『全部關掉』。」

於是房裡的照明與監視器自動關掉，處在黑暗裡的奇諾則喃喃地說些莫名其妙的話。

「好乾淨的床……白色的被單……」

然後就馬上睡著了。

隔天早上。

奇諾一醒來，屋裡的照明跟監視器也隨之自動開啟。監視器正映出外頭目前的景色、朝霞中的森林與南方山脈。

當她從床上起身，漢密斯便說道：

「早安，奇諾。」

「……難得你這麼早，漢密斯。早安。」

奇諾走向浴室，此時她背後的漢密斯開口說話。

「有件事昨晚我一直沒機會講——」

奇諾人已經在浴室裡，

「哇……」

然後從裡面發出驚訝的聲音。

「我是要跟妳說頭髮沒吹乾就直接睡的話，隔天起來會很恐怖的。」

「該做的工作呢？」

「完全沒有，反正機器都會幫忙做。就算有，他們也會有些生氣地說『不能勞駕客人！』還交待我要盡量觀光跟休息呢！」

奇諾與漢密斯站在晴空下。奇諾把漢密斯推到公園入口，然後用腳架把他撐住。奇諾穿著夾克，沒有戴她的帽子跟防風眼鏡。甚至連說服者跟槍袋都沒帶在身上。

「妳真悠哉耶，要睡午覺嗎？」

車上沒堆行李的漢密斯問道。

「這個主意也不錯。」

奇諾推著漢密斯走進公園裡。

這時候原本在做日光浴的居民，看到奇諾紛紛過來跟她說話。大家從昨晚新聞報導奇諾她們的事情開始聊起，感謝她們造訪這裡，也很佩服她獨自騎著摩托車四處旅行，最後還要她在這兒好好休息。

奇諾也聽從他們的話，借了一張折疊式躺椅躺在漢密斯的旁邊，悠哉地仰望天空。到了吃午餐的時間，公園的中央廣場漸漸出現許多攤販。奇諾大方享受用農場培育的蔬菜、雞肉做的午餐。

奇諾吃完午餐後，看到公園入口處聚集了不少年約十歲的孩童。這群孩童約幾十名，每個人手上都拿著工具箱。集合之後，接著他們被帶進城牆裡面。

奇諾向附近的居民詢問那是在做什麼。

「喔～那個啊？是全體國民為了紀念幼年學校畢業而製作的壁畫喲！」

「是壁畫啊？」

「是的，大家從城牆外側利用吊籃完成的大幅畫作。」

然後居民還說「這過程很有趣，要不要參觀看看？」呢。

「怎麼樣，奇諾？」

「反正閒閒沒事做，我也很有興趣。」

「了解。既然要去城牆上方，應該可以不用搭車吧？」

於是奇諾發動漢密斯的引擎，順著斜坡駛進通往城牆那條路。風有些大。

繞了半圈城牆，看見北方停了一輛吊車。兩支吊臂將導軌緊緊貼在城牆，這樣才方便降下長方形的吊籃。而頭戴安全帽又綁著安全繩索的孩子們則排排站在旁邊。他們露出期待又有些緊張的表情，一面聽著說明。

奇諾得到老師的許可讓她在旁邊觀摩，然後把漢密斯停放在路旁。為了不讓漢密斯掉下去，便把它綁在欄杆固定住。接著奇諾把借來的安全繩索綁在旁邊。

孩子們搭乘吊籃慢慢往下降。手上拿著大筆開始幫灰色的城牆塗上顏色。他們仔細地在原先畫好的黑色草稿描上圖案。

「從這邊看不到他們到底在畫什麼耶。」

於是奇諾跟漢密斯向老師借監視器來看。透過往外探出去的吊臂前端傳回來的影像，圖中所描繪的是山頂覆蓋著白雪的高山、攤在高山前方的熱帶雨林，以及野生動物群。這幅畫非常巨大，上面的動物大到讓人不禁懷疑是否是比照實體大小畫的。由於它接近完成的階段，只剩下把下方的草稿補完而已。

「由學生們互相討論，把校外觀摩印象最深刻的景色畫下來。這幅景色是四年前他們走過的土地。那是個非常非常美的地方。大家登上城牆遙望百看不厭的風景，是個充滿回憶的場所。這幅壁畫再過幾天就會完成。順便一提，我小時候曾畫過在荒野發現到的巨大火山口呢。」

「這幅畫完成後會怎麼處理呢？」

「首先會把它拍成照片，然後再塗上保護膜。接著一直到下一批學生畢業之後的第五百天為止，會把它留在城牆上當裝飾。」

「原來如此。」

接著奇諾悠哉地坐在漢密斯上面，看學生們畫畫的情景。

不久日落西山，夕陽慢慢消失在前方。

奇諾跟漢密斯藉由房間裡的監視器欣賞沉入山脈間森林的太陽。

隔天，也就是入境之後的第三天早晨。

奇諾隨著黎明醒來。出現在監視器上的天空有些陰沉，眼看就快下雨的樣子。漢密斯好玩地轉換頻道，

『今天製作壁畫活動延期。』

廣播如此報導，並且提及昨天製作壁畫的情況。接下來，

『連入境的旅行者都似乎很感興趣。』

「什麼時候拍的?」「天哪。」

螢幕大大映出看著那項作業看到出神的奇諾跟漢密斯。

接著奇諾跟往常一樣做做輕鬆的運動，練習說服者，然後開始保養。她分解右腿上稱之為「卡農」的左輪手槍與「森之人」，上好油之後就重新裝填子彈，再把它們分別放回槍袋。

然後再拿出另一挺分解後綑在行李袋上蓋的步槍式說服者。她把兩個分開的零件組合起來，進行保養並確認可正常操作。

「那個，需要嗎?」

「不曉得耶。」

她回答漢密斯的問題，並仔細擦拭狙擊鏡的鏡片，再把它分解之後放回行李袋。

沖完澡之後，奇諾推著漢密斯到餐廳去。到了走廊，再經過一條更寬的通道之後才到餐廳。這一路上她們不斷跟準備工作的人們打招呼。

奇諾把漢密斯固定在餐桌旁，然後去拿以蔬菜為主的早餐。每個盤子都設計得特別深，能嵌進托盤上固定，而托盤也能固定在餐桌上。

身兼導遊及各種職務的男子看到奇諾，打了聲招呼之後就逕自坐在她對面的位子。當被詢問到目前為止對這個國家的感想，奇諾都據實回答，導遊也笑得很開心。

就在兩人悠哉地喝完餐後茶，奇諾正準備站起來的時候，餐廳突然警報聲大作。那聲音既高亢又刺耳。牆上的紅燈開始轉動。

「發生了什麼事？」「火災嗎？」

「全體人員回到各自的崗位。小心不要因過度慌亂而跌倒。」

身兼警官及各種職務的男子對周遭的人們下命令，然後回答奇諾與漢密斯的問題。

「這是在我們行進路線的附近發現其他國家的警報。我將以外交官的身分前往指揮所……妳們想參觀嗎？」

警報後來轉變成悠揚的音樂，然後廣播指示一般百姓進入屋內。

至於奇諾與漢密斯則搭乘男子的車抵達寫著「駕駛指揮所」字樣的房間，並進入房內。那裡的空間類似艦橋，像階梯式的駕駛盤前方坐了幾個人，前面則排列好幾個大型監視器。

這些坐著的人們都穿著相同的夾克，包括其中一名年約五十出頭，悠閒坐在椅子上的婦人。她看到現在是外交官身分的男子，便用輕鬆的口吻說：

「你來啦，那就有勞你囉。——咦，旅行者？妳好，我是這國家的總統。請妳慢慢參觀吧！」

奇諾也頷首回禮。他們請她坐下來，並叮嚀她記得繫好安全帶。至於漢密斯則停在她旁邊並被固定住。

奇諾與漢密斯看著眼前那一堆監視器。左右較小的，出現許多城牆外側的狀態。有時候還會出現正在進行的那幅巨大壁畫。而中央那個像戲院銀幕的巨大監視器，則出現前進方向的風景。

那是在陰天底下一望無際，跟兩天前沒什麼差別的山脈間的森林。而森林的前方有座國家。

「這實在是……」

男子發出訝異的聲音。總統則說「傷腦筋啊～」

那國家的城牆由石頭砌成，並沒有什麼奇特之處。但它並不是呈圓弧狀，而是往兩旁筆直延伸。一端通到北方山區，另一端則是南方山區。彷彿水壩般把整個平原攔阻起來。

「這表示『禁止通行』嗎？」

男子說道。此時畫面中的城牆已經越來越近。

監視器拉長鏡頭，照到那城牆上的士兵們開始慌亂，而且開始把大砲推出來。此時，游標在畫面中移動至該處，接著男子拿起麥克風表明有事情要談，如果有負責人的話，希望能透過無線電來交談。

不久，雙方開始利用夾雜些許雜音的無線電交談。另一端是個自稱將軍的男性聲音，他詢問：『你們究竟是什麼人?』這邊的外交官則簡單說明自己的狀況說：「我們是到處移動的國家。」

「因此我們有事相求。目前我們正朝西方行進，希望能夠橫越貴國。」

對方沉默了一會兒，然後回答他們實在無法接受這個要求。

「我就知道。」

漢密斯喃喃說道。

「可是貴國的城牆把整個平原都擋住了，這樣我國根本找不到可通行的地方。」

男子說道。

對方回答說：『那是我國經過長年的努力所擴張的領土，其他國家沒有插嘴的餘地。如果你們

執意接近的話，我們將認定你們意圖侵犯領土並展開攻擊。』

「我們不想跟你們進行無益的戰爭。只是希望貴國讓我們通行而已。可否告訴我們能夠從貴國的什麼地方通行呢？」

對方則語氣憤怒地說：『我們怎麼可能允許你們做這種事。』此時男子對坐在前面的人下指令。

「關閉圓頂，並準備兩台攝影機。一台在左後方，另一台在國內。」

此時小型監視器的螢幕出現城牆的道路。只見移動之國的中央部裂開，從裡面不斷升起像爪子的裝甲。裝甲跟城牆上面結合之後就形成一個巨大的圓頂。

接著無線電傳來通話：『原來如此，既然貴國有這種打算，那麼不想做無謂戰爭的我們為了自衛，也只好用武力來解決事情了。』之後便發出宣戰通知。不一會兒，排列在城牆的大砲就一起開砲。

「真是一群傷腦筋的人啊……」

男子如此喃喃說道，螢幕隨即出現城牆及圓頂被砲火命中的影像。那些地方原本被爆炸的火焰及煙霧籠罩，但隨即就散開。城牆跟圓頂只是稍微燒焦，至於指揮所這兒連砲聲都聽不見，甚至連動搖都沒有。

在大砲無情的攻擊中，移動之國慢慢接近眼前的城牆。

「差不多可以了，麻煩出動攝影機。」

在男子的指示下，部分城牆開啟，只見兩顆球體被發射出去。兩顆像巨型足球，有著黑白兩色的球體，繫著鋼索呈拋物線飛出去。

一顆落在森林裡，另一顆越過眼前的城牆落在對方的國土裡。這個過程還粉碎了附近的小木屋，然後彈跳一下才落在類似農田的地面。

監視器出現透過球體攝影機拍下來的影像。

一顆是從左後方窺視移動之國的全貌。透過這台攝影機的影像看到這個頂著巨大圓頂的國家一面逼近眼前綿延無盡的城牆，一面遭到砲火攻擊的模樣。

而另一顆是出現眼前這個國家內部的景色。透過影像可看到高大城牆內側，搬運大砲的士兵們，甚至還可隱約看見遠處的西側城牆。雖然看得出北方是石造房屋及高樓密集的城鎮，不過除此之外幾乎是佔地遼闊的農田跟原野。

過沒多久，士兵們朝著攝影機殺過來。不是用步槍射擊，就是設置拉開保險的手榴彈，導致攝影機的影像被震得拼命搖晃。

「總統閣下，農田那裡應該適合通行。似乎可以避免壓毀大量屋舍。」

男子詢問坐在椅子上悠哉喝茶的婦人。

「那真是太好了，就這麼決定吧。」

總統輕鬆地說道。男子按下麥克風的通話鈕。

「那麼我們將從貴國南方的廣大田園地帶通過。我們將會加快速度通行，應該花不到半天的時間。請你們放心。」

對方回答：『我們不會讓你們那麼做的，就算大砲起不了作用，堅固的城牆也會保護我們的。』

但男子完全沒把這句話聽進去，他命令坐在前面的人說：

「請割開城牆。就挑前方左側，沒有設置大砲的那一帶區域。」

前面的人回答「了解」之後，監視器上出現了光芒。移動之國發射出鮮黃色的光線，筆直地朝眼前的城牆延伸。

「…………」

漢密斯對驚訝到看得出神的奇諾說明。

「那是高輸出功率的雷射喲，算是『森之人』的雷射妖怪化。」

命中城牆的雷射從上到下在城牆游走。接著往左側移動，最後是往上。它把石砌的城牆像紙一樣燃燒切割之後就停下動作。

就在焦急的將軍說『你、你們究竟幹了什麼事？』的同時，被切割的部分也緩緩地在他們眼前倒下。倒下之際，石塊從上方紛紛坍塌，最後像積木一般全部散落在地面，揚起滾滾的塵土。

「開出道路了。」

「那麼就通過吧！」

這是男子與總統之間的對話。移動之國一度停止前進，之後便往左邊移動。位於後方的攝影機也確實捕捉到這個畫面。接著，這個持續遭到大砲攻擊、冒著黑煙的巨大國家，對準切割開的洞的位置之後，又開始往前進。

無線電那頭傳出：『你們真是太過份了！如果你們硬要從我國中間通過，可否先支付必須的代價呢？』

「就算你們要求支付代價……我國也沒有東西可以給你們。真是非常抱歉。我們會盡可能在不造成困擾的情況下迅速離開的。」

男子答道。

就在移動之國將拋出的兩台攝影機利用鋼索回收之際，同時把原本是城牆的石山壓碎，並駛進自己開鑿的洞穴裡。洞穴的寬度勉強可以通過，左右兩旁的空隙差不多一輛車子的寬度。

通過城牆之後，移動之國往這國家的平原處行進。監視器則出現停止砲擊動作、目瞪口呆抬頭看的士兵們。

在這個極為遼闊的國家裡，鮮綠又平坦的農田延伸到看不見盡頭。此時移動之國的履帶陷進那些農田裡。於是稍微加快了速度，用人類小跑步的程度前進。

前進的方向有一棟屋舍。是石造的大房子，旁邊還建了儲存農作物的穀倉。

「啊～有屋舍。」

就在男子說這句話的同時，無線電也傳出將軍的聲音：『前方有屋舍！快停止行進！』

「抱歉，將軍大人。那屋子裡的人很危險，麻煩通知他們快點迴避。」

這個國家並沒有降低速度。此時有卡車抵達這房子旁邊，士兵們立刻衝進裡面，並帶出數名居民。其中一名年老的婦人拒絕上卡車，拼命地對移動之國大吼大叫。還不斷對它丟石頭，只可惜都搆不著。隨即又坐在原地不肯動。

男子說「真是傷腦筋」，然後對面目可怖且坐著不肯離開的老婦人說：

「妳這樣很危險喲，麻煩請讓開，否則會輾到妳的，麻煩請讓開。」

老婦人還是不肯讓開。眼看移動之國越來越逼近。這次男子將游標移到士兵們並表示：

「士兵先生，保護國民是你們的義務喲，請救救那個人好嗎？」

不久老婦人被幾名士兵硬架到卡車裡，而卡車也連忙駛離現場。就在這個時候，士兵們還透過車窗以說服者開了幾槍。

接下來，移動之國把農家的穀倉、倉庫、房屋主體、車庫，及旁邊的大樹輪番壓扁。這過程並沒有動搖這個國家，不一會兒便順利通過了。負責後方的監視器裡，別說是剛才那些東西的殘骸，就連它們原本的位置都看不出來。

「照這情況判斷，應該能夠毫無問題地通過。真是皆大歡喜。」

男子如此說道，然後悠閒地坐下來端起剛剛送來的馬克杯喝著茶。奇諾也喝著送上來的茶。

『你們根本是濫用上天賜予的優渥環境。難道你們沒想過那些被你們踐踏的國家，以及造成困擾、損害的人們有多悲傷嗎？你們連人類最低限度的憐憫心都沒有嗎？』

聽到將軍透過無線電講的這些話，漢密斯小聲地問奇諾。

「人家這麼說了，怎麼辦？」

「……就當做沒聽到吧。」

奇諾回答。

「說的也是。」

當中央的監視器螢幕出現西邊城牆的時候，前座的人對心情完全放輕鬆的男子說：

「側面城牆似乎遭到小型飛彈的攻擊。那裡好像是壁畫區域，教育委員會及家長已經提出希望採取因應措施的要求。」

「咦？」

男子起身看切換過來的畫面。位於右側城牆的壁畫，畫中山的部分有一大塊整個剝落。其他監視器的螢幕也出現好幾輛四輪驅動車及搭載兩枚對戰車用小型飛彈的車輛。從那兒發射的飛彈，拖曳著黑煙及引導鋼索，咻地飛過來並命中壁畫。在發生小規模的爆炸之後，大象的下半身剝落了。

「他們是故意的吧?這舉動實在很過份，孩子們會非常傷心的。——要以雷射攻擊車輛嗎?」

男子詢問總統。總統考慮了一會兒，然後詢問男子。

「能不能只攻擊對方的發射裝置?」

「我認為那不可能，畢竟力量太強大了。您覺得該怎麼辦才好呢?」

「必要的話，我希望不要出現任何傷亡。至於孩子們那邊，事後我再親自跟他們解釋。」

總統如此說道，男子滿臉遺憾地再次往前看。

「以說服者攻擊怎麼樣?」

聽到奇諾這麼說，男子回過頭來。

「妳是說狙擊?就理論上來說是可行，但是我國並沒有那方面的人才。」

「如果不嫌棄的話，我願意幫這個忙。」

奇諾說道。

「可是，那很危險耶！」
「只要不被大砲擊中就沒事的。」
「妳沒必要為我們做這麼大的犧牲。」
「就算是答謝貴國讓我入境，而且也是為了孩子們。」
男子與奇諾交談著。兩人正在壁畫所在之處的城牆上方道路，同時也是圓頂裝甲的內側。他們搭車來到這裡。
奇諾身穿黑色夾克戴著帽子，手上拿著自己稱之為「長笛」的一支組裝好的自動式步槍。她裝上九枚子彈裝的彈匣，然後裝填第一枚子彈。
「對方好像要繼續攻擊。好幾輛搭載飛彈的車輛從後面趕來，似乎停下來之後就要展開攻擊的樣子。」
男子把手上的監視器拿給奇諾看。地面來了一列四輪驅動車，並且停車排成一橫排。只見士兵把載貨架上兩挺飛彈發射器轉向外側對準這邊。
「麻煩請打開。」
聽到奇諾這麼說，男子按下監視器的按鈕。此時可容一人通過的小門滑開，奇諾雙手抱著「長笛」從這道門爬到道路上。男子則在後面負責收放安全繩索。

外面吹著微微的風。奇諾爬到城牆最邊緣，慢慢把「長笛」的槍管從欄杆的空隙伸出一些。

「奇諾，對方好像快發動攻擊了。」

後面傳來男子的聲音。奇諾保持趴下的姿勢瞄準下方。此時狙擊鏡中出現在車輛旁邊窺視發射裝置的士兵。於是奇諾打開保險。

高亢的槍聲不斷響起。

這個時候，車輛旁的士兵則驚慌地把眼睛移開裝置。至於裝置的大型透視鏡則被打穿碎裂。

其實奇諾只是把對方那一排車輛的發射裝置依序破壞。可是，

「！」

就在她對最後一個目標開槍以前，飛彈竟然隨著黑煙發射出來，眼看著即將逼近她腳下的壁畫。奇諾連忙從那裡站起來。

從監視器的特寫鏡頭，可看到奇諾不惜暴露所在位置，半蹲著調整「長笛」準備射擊的姿勢。

雖然聽不到聲音，不過反作用力的振動與彈出的空彈殼顯示出奇諾連續開了好幾槍。而其他的監視

器螢幕上則出現朝壁畫飛來的兩枚飛彈，全都在空中爆炸。

從上空俯瞰，兩道平行的城牆往山與山之間延伸，而在這其中有一個國家。境內的一大片綠色農田，位於距離建築物較多的中央地區以南的偏遠郊區，而這裡出現了一條筆直的棕色粗線。線條的前端是一個緩緩移動的巨大圓頂物體。

它發射雷射切割開西邊的城牆，牆面再次很快地坍塌。

移動之國輾過原本是城牆的瓦礫。男子拿起麥克風說：

「我國要離開了，抱歉引起這麼大的風波。」

將軍用氣得發抖的聲音說：『我們要求貴國為破壞我國城牆、屋舍、車輛及田地的行為謝罪，並且賠償這些損害。這也是我國正當的權利，請停止移動與我國進行交涉。』

「無論是什麼理由，是貴國先展開攻擊的。我國基於不能處於挨打的情況下，不得不採取那種措施。我國應該不可能再來這片土地，貴國也不需要為此事懷恨在心。希望你們能再次種植這塊土地，過著安穩的生活。最後祝大家平安。」

隔天。

也就是奇諾入境之後的第四天早晨。

這國家背對著剛升起的朝陽，再次用人類步行的速度前進。這時候也看不見圓頂了。南邊的山脈結束了，取而代之的是往西方跟南方延伸到不見盡頭的平原。薄薄的雲在高高的晴空拖著雲腳。

「既然擁有那些力量，想攻陷或征服控制他國，應該是輕而易舉的事。」

奇諾說道。然後穿上黑色夾克，戴上帽子，把槍袋一一配掛在右腿與腰後。防風眼鏡則掛在脖子上。至於停在旁邊的漢密斯上早就堆好所有的行李。她們目前在國家境內的路上。

「這個嘛，話是沒錯啦——」

身兼導遊與其他職務的男子說道。他後面停了一輛車。

「但是我們並不希望過那種生活。至今我們都過得十分幸福，也不曾挨餓過。況且動用武力與全世界為敵是一件極為愚蠢的事。不過像昨天那樣的情況，真的少之又少。就算行經的不是國家，我們也是會做出壓毀道路，破壞堤防，挖起墳墓等事。」

「即使如此，你們也要繼續移動下去？」

聽到漢密斯這麼問，男子點點頭說：

「是的，那真的是逼不得已才做的事。不管任何人或任何國家，都會在某種程度上對他人或他國造成困擾。」

「這些日子以來受到貴國不少的照顧。」

「雖然很希望妳們能再多停留一陣子，但是我們決定要往南走，真的是太遺憾了。我們會立刻停下來打開城門的。」

然後男子說了一句「最後請教一個問題」做為開頭，

「奇諾，我知道這麼說對妳可能有些失禮，不過還是請原諒我斗膽這麼說。請問妳是否願意成為這個國家的國民，跟我們一起過著四處旅行的生活呢？我們非常歡迎妳的加入哦。」

「謝謝你的好意，不過我們想以自己的方式繼續旅行。」

奇諾斬釘截鐵地說道。男子彷彿早就知道答案似地露出淡淡的微笑。

「是嗎？一路保重。」

奇諾感謝男子提供燃料、彈藥及攜帶糧食。男子則轉達孩子們的感激之情。

廣播發佈要暫時停下來，於是國家便停止移動，並緩緩地打開城門。
奇諾再次向男子致謝並道別，然後沒有發動引擎就順著門滑行下來。當她著陸到草原回頭一望，城門已經關上，男子揮手告別的身影也隱沒在其後。
於是奇諾發動漢密斯的引擎。在轟隆隆的噪音聲中，慢慢地往西前進。
此時那個國家拐了個九十度的彎之後開始往南移動。當奇諾回頭看的時候，只見略微斑駁的壁畫上，頭戴安全鋼盔的孩子們正排成一列向她們揮手道別。

在平坦草原上的摩托車持續往西前進。
它轟隆隆的引擎聲把鳥兒嚇得紛紛飛走。
「好懷念哦。」
「是啊，我還是比較喜歡這種地面。」
漢密斯跟奇諾說道。

「真是個有趣的國家，而且也是會造成困擾的國家。」

「你是指哪一個？」

奇諾露出笑容地問道。

「應該兩個都是吧。『禁止通行之國』故意封鎖平原，好藉此對所有通行者敲竹槓。」

「真的是太貴了啦。假設沒有『森之人』，用其他物品例如勞力代替的話，或許會讓我們通過也說不定。」

「想必他們現在正拚命修補城牆吧？」

「或許吧。」

奇諾邊笑邊說，然後突然唸唸有詞地說：

「不知道那個國家接下來要去哪裡呢……」

「不知道。不過有個猜測應該會實現。」

「……什麼啊？」

奇諾問道，漢密斯立刻回答。

「就是幾百天之後，妳持步槍的英姿會變成壁畫喲！」

「那會有點……丟臉。」

「造成妳的困擾嗎？」

漢密斯問道。

「應該沒那麼嚴重吧？」

奇諾答道。

第二話
「另類愛之國」
—Stray King—

第二話「另類愛之國」
——Stray King——

這是一個土地遼闊的國家。

別說是從另一頭了，就算是從建立在中央的王宮都看不見環繞整個國家的城牆。

除了王宮下方的城鎮及靠近東西城門的城鎮以外，放眼望去就是一大片的草原跟農地。國內有好幾條河川，東南端還有個大湖泊。天上正緩緩飄著白到刺眼的雲團。

「這裡也沒有。」

「可惡，到底在哪裡？」

幾名國王的隨扈正鐵青著臉在王宮走廊來回走動。他們隨手打開房門，一一搜索房間。

其中一人抓著侍女詢問國王在哪裡。震懾於粗暴語氣的侍女說：

「如果要找殿下的話，他應該是去見旅行者了……」

「那我們也知道！問題是他們在哪裡？該不會被那旅行者綁架了吧？」

「怎麼可能？」

侍女說道。隨扈不予理會地說：

「不，很有可能。那兩個人怎麼看都怪怪的。瞧他們一副把綁架國王、勒索錢財當成家常便飯的神情。所以我們當初就反對他們入境。可惡，妳也一起找！」

隨扈指著侍女這麼說，不過這時候的她看到從走廊另一頭走過來的三個人。

其中一名是個年輕男子，也是這個國家的國王。另一個男的金髮碧眼，個子略矮但長相俊俏，是旅行者。還有一名身穿材質高級的夾克，蓄著黑色長髮的妙齡女子，她也是旅行者。

「大家在吵什麼？」

國王問道。侍女恭敬地向國王行禮，急忙回頭的隨扈也慌慌張張地跟著行禮。

聽完事情的過程之後，國王說他剛剛是跟旅行者在中庭喝茶。

「我是聽異國的故事聽到入迷。可是我只不過不在房間一會兒，你們就鬧成這樣，真是傷腦筋耶。」

「是，真是非常抱歉。」

「另類愛之國」
—Stray King—

「客人再停留一會兒就會離開。等他們離開之後，我會到後院散步，別再這麼急著找我了。」

「是！」

接著三個人便離去，留下帶著尷尬表情行禮的隨扈們。

一輛車子穿過王宮的城門。

那是一輛又小又破，彷彿就快故障的黃色車子。

女旅行者坐在駕駛座，另一名男旅行者則坐在副駕駛座。

車子在舖設石板路的城裡，發著「噗嗶嗶嗶嗶嗶」的怪聲行駛。引擎有時候還不斷出現「噗！啪咻！」快熄火的情況。而車子就在這種情況下邊冒著黑黑白白的煙前進。

男子說：

「師父，可不可以把破掉的車窗補一補？只要買片玻璃裝上就行了。」

原來駕駛座的車窗是空的，只隨便用膠布固定住，一振動還會發出「啪哩啪哩」的聲音。

「不久就會補的。」

女子說道。

車子穿過城鎮，走在兩旁都是田地的狹長小路上。除了遠處正忙著農事的人外，四下根本沒半個人。

「國王陛下，這麼做真的好嗎？」

男子突然問道。原來國王像是被硬塞進去一般，就躲在狹窄後座的行李下方。躲藏姿勢十分怪異的國王，滿臉笑容地回答：

「沒關係，反正這國家的國王不過是裝飾用的而已，國王的勢力早在我曾祖父那一代就全被剝奪殆盡。更何況連百姓都不曉得我長什麼樣，所以就算我失蹤也不會對百姓造成困擾。會感到困擾的，只有那些以粉飾國王為業，意圖奪取預算中飽私囊的人吧！」

「原來如此……」

男子說道。女子則面不改色地繼續開車。

「所以我決定要為愛而活，我已經受夠當籠中鳥了。」

國王斬釘截鐵地說道。

「你喜歡的對象，想必很美吧？」

男子開心地詢問，國王回答「那當然」。

「她的美麗，光是想像就讓我感動到顫抖不已。一想到以後我們就能一起生活……我就覺得滿滿的幸福從靈魂深處湧出呢。」

「你們第一次是在什麼機會下認識的？」

「某天城下的城鎮舉辦祭典，我只有在那個時候能夠微服參加，雖然眾臣極力反對。於是我遇見了來自國境郊區的她，第一眼我便聽到戀愛天使在剎那間發出改變世界的聲音，這一瞬間真是既莊嚴又神聖啊！」

男子「咻～」地吹起口哨。

「可是國王陛下，你無法把她召進王宮嗎？」

「當時我曾提過這件事，可是那些無法理解又無知的大臣卻把我當病人看待，還叫醫生開許多藥給我吃，說這世上應該有更適合我的女性。——哼！真無聊！反正他們想把自己那些驕傲自大的女兒推銷給我吧！」

「原來如此……不過真不錯，你竟然肯為自己的愛情拋棄一切。」

男子說道，國王則略為壓低語氣地說：

「真抱歉用這種方式把你們牽扯進來。但是我打從心底感謝兩位。你們這麼簡單就把我帶出城，而且還在沒有酬勞的情況下……」

這時候原本沉默開著車的女子徐徐地說：

「國王陛下，我們是被你純真的想法感動的。為此就算被冠上綁匪的污名，也沒什麼大不了。」

男子也笑著說：

「反正我們已經是惡名昭彰了，國王陛下這次可是選對了人喲！」

「……你們的大恩大德我永遠不會忘記的。如果我跟她有了小孩，我將讓我們倆美麗的愛的結晶，冠上兩位的名字。」

「那真是很榮幸呢，國王陛下。到時候兩位要生很多可愛的小寶寶哦！您差不多可以出來了。還有，不好意思我的語氣不夠恭敬啦！」

男子說道。

車子開到已經看得見城牆的郊區。附近是一整片的牧草地。

「另類愛之國」
—Stray King—

國王告訴女子路怎麼走。

不久，

「對，就是那邊。就是在那片草原的透天厝，沒錯。」

「啊，這個地點很不錯呢！」

男子說道。

車子在小而整潔的屋子前面停下來。這一戶很像是農家，後方還建了秣草倉庫。

國王扶著男子的手從後座爬出來，隨即大聲喊叫。

「瑪莉——！」

然後就往屋子跑去。

「原來是『瑪莉』小姐啊！」

男子開心地說道，此時從屋裡傳來清脆的女子聲音。

「請問是哪位？」

國王急忙繞到後面。另外那兩個人也尾隨在後。

屋後有一間豢養家畜的小屋，還有從水井引過來的水道。有一名少女正站在裝滿水的大木桶旁邊。

「瑪莉！」

國王張開雙手，表情激昂又開心地呼喚著。

少女看見了國王。她棕色的長髮梳成兩條辮子，臉上還有些許雀斑，外貌清純可人。她正捲起格紋襯衫的袖子，用手舀水給羊兒喝。

「天哪……」

少女說著便站了起來，然後用圍裙輕輕把手擦乾。

「你是祭典時那位大哥哥嘛！」

國王輕輕點點頭。

「沒錯，很高興妳還記得我……我是來見瑪莉的。從那一天，那一刻……自從遇見了瑪莉——」

國王突然沒把話說下去，接著又慢慢繼續告白。

「我就一直無法忘懷。所以才會像這樣，拋棄自己過去的生活來到這裡……那個……我希望往後能夠跟瑪莉在一起。我想跟瑪莉一起生活。我會珍惜瑪莉勝過一切事物。……所以，希望妳能讓我

住在這裡。我想跟瑪莉一起住……不曉得可不可以呢……？」

少女略帶驚訝，

「我非常瞭解……你的心情。」

然後笑咪咪地詢問國王。

「如果住在這裡的話，你願意幫忙工作嗎？」

「那當然！我什麼都願意做！」

國王毫不考慮地回答。

少女皺著眉頭往下看，然後用平淡卻清晰的語氣問：

「你會……很溫柔嗎？」

國王深情望著少女的眼睛說：

「我會的，我向上帝發誓。……這樣可以嗎？」

「可以……」

少女略帶羞澀但堅定地點著頭。國王慢慢走近她，然後當著兩名旅行者的面前跪在少女旁邊說：

「瑪莉！」

如此大叫的他，緊抱著正在喝水的羊。

「瑪莉！瑪莉！瑪莉！」

「咩咩咩咩咩咩咩咩！」

羊兒痛苦地發出叫聲。少女坐在旁邊說：

「大哥哥你看你，不能抱太緊啦！瑪莉不喜歡這樣子！」

「啊，對不起。我一時高興就……因為瑪莉實在太可愛了。」

「我非常瞭解你的心情。」

少女說道。而國王再次緊抱住毛又白又軟的羊兒。

「啊～瑪莉，往後我們都會在一起喲。在妳死去以前，我們都將在同一個時空生活。我們的愛將永永遠遠。」

「真是太好了，瑪莉。」

「咩咩咩咩咩咩咩咩咩！」

「另類愛之國」
—Stray King—

站在兩個人及一隻羊後面的男旅行者，

「…………」

露出難以形容的表情。

另一名女旅行者則面不改色地站著。然後說：

「好了，我們也差不多該走了。」

又小又破，看起來隨時會故障的黃色車子，一面發出引擎好像快壞掉的聲音，一面奔馳在草原上。映在後照鏡的城牆則是越來越低，隨即就消失了。

坐在副駕駛座的男子，因為閒得無聊而把玩著自己愛用的掌中說服者。那是細長型的自動式手槍，有著加了平衡塊的四角形槍管。

可能是把玩膩了，男子把說服者收回左腰的槍袋，然後開口道。

「師父……」

「什麼事？」

「那個……瑪莉跟國王……他們那樣沒關係嗎？」

女子回答：

「不曉得。如果本人覺得OK，應該不會有什麼問題吧？」

「……這個嘛，話是沒錯啦。」

男子嘆了一大口氣。

然後又改變話題。

「不過我真是對師父另眼相看喲！」

「什麼對我另眼相看？」

「想不到妳會接受那點小酬勞的工作。就算結果是那樣……難不成妳的個性比外表還要浪漫？」

女子看了男子一眼，

「或許吧。麻煩你把我座位底下的袋子拿出來。」

「？」

男子把手伸到後座，把駕駛座下面的一只袋子拿出來。那袋子格外地重，正覺得奇怪的他往裡面一看，原來裡面裝了相當多閃閃發亮的手鐲、戒指、寶石及金幣等物品。

「另類愛之國」
—Stray King—

「…………」

男子沉默了好一會兒。

「……我說師父，這些……是什麼？」

男子問道。

「是放在國王房間及走廊的東西，我在打包行李的時候順手拿的。」

女子據實以答。

「師父……」

「嗯？」

「妳聽說過『趁火打劫』……這句話嗎？」

女子簡短地說「聽過」，然後又說：

「反正這些東西他們又不需要，而且……」

「而且什麼？」

「『我們已經是惡名昭彰了』不是嗎？」

車子斷斷續續冒著白煙前進。

「師父……」

「嗯？」
「這件事要是露出馬腳，屆時每個旅行者都會有我們的通緝畫像的！」
「我個人是無所謂啦。——要不要現在拿回去還？」
女子如此說道，然後停下冒著黑煙的車子。
坐在副駕駛座的男子沉默了一會兒，然後說：
「……我說師父，可不可以把破掉的車窗補一補？」
「不久就會補的。」
女子一面開著車子，一面簡短回答。

「另類愛之國」
—Stray King—

第三話
「在河邊」
—Intermission—

第三話「在河邊」

—Intermission—

我的名字叫陸，是一隻狗。

我有著又白又蓬鬆的長毛。雖然我總是露出笑咪咪的表情，但那並不表示我總是那麼開心。我是天生就長那個樣子。

西茲少爺是我的主人。他是一名經常穿著綠色毛衣的青年，在很複雜的情況下失去故鄉，開著越野車四處旅行。

我們目前處在春天綠意盎然的森林裡，早晨的太陽暖呼呼的。

這裡聽得到水聲，因為不遠處有一座從幾段岩層流瀉下來的寬廣瀑布。瀑布的水變成河流，流過稀疏的大樹及小草覆蓋的大地。河底都是石子，而且很淺。

河流中央停了一輛越野車，車輪有一半以上是泡在水裡，使得整輛車看起來像浮在水面上。正拿著布擦拭車子的西茲少爺，穿著毛衣並捲起袖子，至於牛仔褲則是膝蓋以下全濕。當然，他脫下了靴子，然後跟他的黑色包包及愛刀一起擺在岸邊。而我則負責顧那些東西，也順便監視有沒有外敵。其實我們也沒什麼特別需要趕緊辦的事。在這裡還聽得到鳥兒婉轉的叫聲。

昨天晚上，我們好不容易抵達這裡並就地露宿。而今天早上，西茲少爺在河邊洗好澡也順便洗衣服。甚至把謙虛婉謝的我推到河裡弄濕，幫我洗了個澡。現在則是差不多快乾了。

後來，西茲少爺突然開始做一件很罕見的事。

「偶爾也該把這傢伙清乾淨。」

西茲少爺說著，就把越野車開到河裡適當的深度。然後就像剛才幫不想洗澡的我那樣，開心地替沾滿灰塵、油污及泥土的車子刷洗。車下的水一下子變得好髒，但不一會兒就被後面清澈的流水沖走了。

在上一個國家。

雖然當地居民並沒有明講，卻顯露出「真希望外人趕快離開」的感覺跟表情。

西茲少爺雖然也沒有明確表示，但他可能也察覺到了。所以就沒有在當地找工作，只是賣掉想賣的東西，買齊需要的物品之後，就在傍晚出境了。

鳥兒依舊婉轉鳴叫。

西茲用腳下的水把布沾濕後擰乾，再擦拭車身及座椅。當我突然覺得西茲少爺好像有什麼心事時，他已經上了岸。我觀察他想做什麼，結果他拾起一根掉落在地面的樹枝，然後又走回越野車那兒。

他小心翼翼地用樹枝把沾在排氣管框架的泥巴摳掉。

我突然問起過去從沒問過的事情。我詢問西茲少爺是在哪裡得到那輛越野車的。

西茲少爺略為驚訝地說「我沒跟你說過嗎？」，然後就一面動手一面告訴我。

在遇見我以前，西茲少爺移動的方式都是步行。剛好那時候沒有商人要找保鏢，而且他要去的下一個國家距離也短。但是在途中，西茲少爺來到了某處戰場遺跡。那裡不久前曾發生過激烈的戰鬥，毀損的車輛及凍結的屍體上都覆蓋著一層薄薄的雪。

西茲少爺試圖在那裡找些值錢的物品。他翻動一具具屍體的手臂跟指頭，很可惜並沒有找到。然後他就發現到這輛越野車。不可思議的是，它幾乎沒有任何破損，引擎也可以動。於是西茲少爺挪開上面的屍體，從其他車輛收集燃料及燃料罐——從此以後，就把這輛越野車當成他的「腳」使用了。

當我說「原來如此」的時候，西茲少爺又笑著補了一句。他說後來開了一段時間，覺得車子怎麼臭臭的，結果仔細一查才發現車身下卡著一條腐爛的手臂。

西茲少爺還說他平常很少做保養，像這樣清洗車子應該是第一次呢。

西茲少爺在車身另一側彎下腰，一會兒聽見他發出小小的驚嘆聲，當他起身的時候，手上還拿著一個東西。

那是一塊摺疊的薄鐵板，跟越野車一樣顏色。約筆記本的大小，靠鉸鏈把兩塊鐵板疊在一起。

西茲少爺說那個東西插在車身的縫隙裡，然後丟掉手上的樹枝，把它打開來看。

樹枝順著河水往下游流去，正當它從視線消失的時候，西茲少爺露出淡淡的微笑，他雙手拿著鐵板，靜靜地微笑。

我詢問上面有什麼嗎?西茲少爺撥開水走過來，然後把它擺在我面前。

打開的鐵板上刻著一些文字，於是我開始出聲唸起來。

我們的愛馬呀——

我們戰鬥。為了保護摯愛的祖國，為了保護摯愛的家人。

身為戰士的我們，早就做好戰死沙場的準備。

我們戰到死去，因此祖國得到勝利，也保住家人平靜的生活。

我們的愛馬呀——你們與我們一起戰鬥，然後死去。

你們為了戰鬥誕生。生來為了衝鋒陷陣，穿越砲火。

你們的座位正是我們戰鬥的場所，也是我們死亡的場所。

最後你們將抱著我們全體的屍體腐朽呀!

士兵們寫給這輛越野車的信只寫到這裡。

當我唸完之後抬頭看，西茲少爺正望著完全清洗乾淨的越野車。

「什麼嘛，原來這傢伙也一樣。」

西茲少爺如此說道。我還沒弄清楚他這句話的意思，西茲少爺則看著我淡淡地笑著說：

「跟我都是無法死得其所的傢伙。」

西茲拿起鐵板疊好，然後丟出去。

它迴轉著飛了一段距離就掉在河裡，隨即沉下去。

西茲少爺坐在駕駛座並發動引擎。

引擎聲非常順暢。西茲少爺把它開到岸上，水滴則滴落在草上。

西茲少爺把腳擦乾穿上靴子，然後把行李放回車上，我也跳上副駕駛座。我跟座椅都還有點濕，不過應該馬上就會乾的。

「那個技師的保養工夫真不錯。」

西茲少爺突然這麼說。我回想起漫天白雪與陰天的平原，只見一片雪白又單調的景象。

我也贊同地說「是啊」，然後西茲少爺看著我說「那我們走吧」。

我詢問他接下來要去哪裡。

「不曉得，反正是個陌生的地方。」

西茲少爺回答完便開著越野車前進。

第四話

「冬季的故事」

—D—

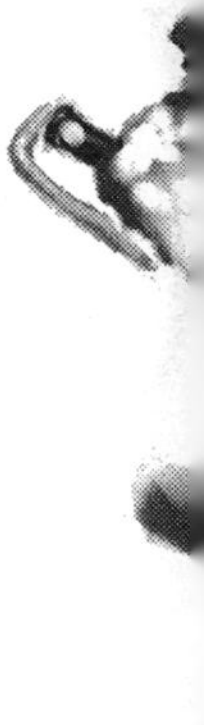

第四話「冬季的故事」

—D—

這裡有間狹窄的房間。

中央擺著一張木製的單人床，而這房間的空間絕無法容納第二張單人床。

不太高的淺棕色牆壁上掛著一幅畫。上方呈圓弧狀的畫框，做得有如大型窗框。畫面是張開白色翅膀在藍天飛舞的天使，以及在綠色草原吃草的動物們。

那個房間裡連一扇真正的窗戶都沒有。只有一顆昏暗的電燈泡懸在天花板發出微弱的光芒。

床上躺著一個人。

是一名五十出頭的婦人。她身上蓋著淺綠色的厚毛毯，頭枕著一個大枕頭。仰躺的她雖然眼睛是睜開的，但看不出來她在注視哪裡。她無力地張著嘴巴緩緩微弱地呼吸著。

床的四周有五個人。

其中四個是兩男兩女的成年人，他們穿著相同服裝，全身上下都是潔白無瑕的白衣、白圍裙、白帽及白口罩。他們分別站在床鋪的左右兩側。

另外一個是身穿黑夾克的青少年。恐怕只有十五歲左右，有著一頭黑色的短髮跟炯炯有神的容貌。那個人站在床尾，左手還提著一只大布袋。

那四人全盯著床上的人看，並對她說話。雖然床上的人沒有回答，但他們卻假裝對方有回答似的繼續五個人之間的談話。

他們談的是有關過去的話題，是再次確認五個人截至目前為止曾共同有過多麼愉快的往事，有時候，那四人還會開心的笑。

而身穿黑色夾克的人則不發一語獨自站著，看著這個跟自己相隔遙遠的世界。

正當談話依舊持續，四人哄堂大笑的時候。

原本只是躺著呼吸的人，嘴角慢慢地揚起笑意。

四人之中的某人發現到這個狀況，立刻揮手告訴其他三人。然後這四人直盯著床上那個人看。

而身穿黑夾克的人，則把右手伸進布袋。接著左手放開布袋，袋子不發聲響地落在地上，但也迅速露出其右手握著的物體。

「冬季的故事」
—D—

那是一個黑色細長狀，結合塑膠與金屬的物體。
它被舉了起來，而且發出細長的紅光。這時候光點正落在床上那個人的胸部位置。
四人都沒有察覺到。

狹窄的房間裡連續響起三次空氣爆裂的低沉聲音。然後也發出三次清脆的金屬聲。
在四個人注視下，床上那個人彷彿受到微弱電擊的刺激而抖動，她的頭從枕頭上微微抬起一點點。然後，彷彿精疲力盡一般，她的頭再度沉入枕頭中。她的眼睛仍然微微張開著，原本氣若游絲的呼吸則停了下來。從她胸前毛毯的位置出現一塊暗紅色的污漬。而且沒有再繼續擴大。
身穿黑色夾克的人雙手握著掌中說服者，那是口徑九釐米的自動式手槍，安全裝置就內藏在扳機裡，還附有雷射瞄準器跟圓筒狀的滅音器，地板上散落著三顆空彈殼。
四人回頭看。
其中一名男子透過口罩與帽子間露出的雙眼，瞪視著那個手持說服者的人：
「『異教徒呀，妳怎麼會做出這種事來！』」
他用平淡的聲音說。
「『我想殺就殺啊。』」

穿黑夾克的人一樣平淡地回答。

「『異教徒呀，妳立刻離開這裡。』」

「『我正有此意。』」

經過簡短的交談，穿黑夾克的人把說服者收進槍袋，然後伸手打開後面的門。

四人之中的某人，輕輕闔上死者的眼瞼。並從後面對即將走出房間的黑夾克的人說：

「謝謝……真的非常謝謝妳。」

身穿黑夾克的人沒有對充滿感激的聲音做出任何回應，然後就直接離開。

這裡有道城門。

以巨石堆砌而成的高大城牆，大大地圍住整個國家。並且只有一道鋼鐵製的大城門，現在是緊閉著。

國境外是一大片森林。是一座高大挺直的針葉樹聚集叢生的森林。

「冬季的故事」
—D—

那裡覆蓋了約有一名孩童高度的雪堆，根本看不見地面。在潮濕的空氣中，天空低矮的雲層呈現出或深或淺的灰色。

緊閉的城門旁邊有一條迴廊，高聳的人字形屋頂往森林的方向筆直延伸，地面鋪著石板，左右兩側還有堅固擋雪牆，牆外堆積著從屋頂落下來的雪堆，像堤防似地夾在迴廊兩側。

大城門的旁邊有個讓人通行的小門，門上貼了石塊，不走近點看還不曉得是一道門，這時候門伴隨著輕輕的咯吱聲往內側打開。

身穿黑夾克的人拿著布袋從門走出去，她的右腿懸掛著剛剛沒有出現的槍袋，裡面還插著大口徑的左輪手槍。

她後面跟著兩名衛兵，衛兵手持著長槍，身穿綴著儀式用裝飾的軍服。

衛兵站在門的兩側，裝飾華麗的鋼盔下的眼神嚴峻。當身穿黑夾克的人回頭，他們同時拿槍敲擊腳下的石頭，剎時發出硬梆梆的聲音。

「『殺害我同胞的異教徒呀！現在立即離開這裡！』」

一名衛兵發出嚴厲的叫聲。

身穿黑夾克的人把裝有說服者的布袋放在衛兵的腳邊。然後，

「『知道了，我這就離開貴國。』」

她面不改色地說道。

然後轉身背對衛兵，往森林裡的迴廊走去。當她踩到從左右兩側飄進來而形成的薄薄積雪，還發出了聲響。

衛兵還是保持直立不動的姿勢，不過表情卻鬆懈下來。他用親切的語氣在身穿黑夾克的人背後說。

「一切照舊，稍後會幫妳送去。」

那個人頭也沒回地回答。

「知道了，也麻煩放在老地方。」

「瞭解。奇諾，謝謝妳了。」

衛兵把槍捧在胸前。

這個身穿黑夾克、名喚奇諾的人，慢慢地在迴廊走著。左右有雪堆，以及等間隔的柱子。

「冬季的故事」
—D—

此時天色變得微暗，還毫無預警地下起雪。又重又濕的大雪傾瀉而下，卻又無聲無息地不斷紛飛。

奇諾停下腳步往旁邊看。

站在積雪與迴廊屋頂之間，飄下的雪讓人有種自己與世界一起上升的感覺。

「…………」

注視著這景象好一陣子的奇諾，不久便繼續於迴廊往前走。

此時，國境內像發了狂似的鐘聲，從奇諾的背後響起。

迴廊的盡頭有棟建築物。

那是獨自矗立在森林裡的一棟大型建築物，由堅固的石頭跟木材所建造的。這棟立著煙囪、呈大型箱狀的建築物，玄關跟迴廊是相連接的。後方排列著長廊跟房間。屋頂堆著厚厚的雪還垂下好幾根冰柱。

奇諾在加高的玄關處把腳底的雪拍乾淨，拉開拉門走進建築物裡。

一進去就是大客廳。裡面的家具齊全，兩側有木柴爐跟壁爐。透過大型玻璃窗可看見森林的景色。白雪依舊在昏暗的傍晚不斷下著。

奇諾往屋內走廊走去，然後進入第一個房間。當她按下旁邊的開關，電燈亮了。
房裡有床舖跟桌椅，還有小衣櫃及擺在上面的大旅行袋。這房間有窗戶，厚重的窗簾已經拉上。然後，一輛摩托車停放在原地。
「啊，早安。」
摩托車說道。其實太陽似乎已經下山了。
「早安，漢密斯。」
「還有，妳回來了，今天的收穫如何？」
名喚漢密斯的摩托車詢問奇諾。
奇諾回答。
「一共三個人。」
「好多哦，難怪這麼晚回來。」
「是啊——」

「冬季的故事」
—D—

隔天早上，奇諾天一亮便醒來。

雪還是下得很大。天空呈現灰黑色。透過窗戶看到的景色，大多是像從天下流瀉下來的白雪。

她在無人的客廳活動筋骨。接著開始奇諾稱之為「卡農」的左輪手槍的拔槍練習，結束後再進行保養。

建築物有從境內引來的溫水。奇諾沖了澡之後換上乾淨的衣服。

這後面有間柴房，隔壁有個大石箱。奇諾打開它之後，拿出收藏在裡面的馬鈴薯、洋蔥跟香腸。

她砍了一些柴火，丟進廚房的灶裡燃燒。再把非常大的平底鍋擺在爐灶上，把切好的食材全丟進去炒。然後把其中一半的份量當早餐吃。

接著加熱小杯子裡的開水後就開始喝茶。

雲端上的太陽升起，窗外變得有些明亮，不過雪還在下。

回到房間後，奇諾把漢密斯推到客廳。然後用腳架把它立在窗戶旁邊。

「啊，奇諾。怎麼沒聽到鐘聲？」

漢密斯問道。

「今天沒響。」

奇諾回答。

柴火在暖爐燃燒，室內變得很溫暖。

奇諾把夾克脫掉之後，僅著白襯衫坐在客廳的椅子上。大大小小的刀子井然有序地排在桌子前方，還有裝在小瓶子裡的油跟磨刀石。

「結束。今天已經沒事情可做了。」

奇諾說道。

「好閒哦——要再玩『文字接龍』嗎？」

漢密斯回答。看出去變得有些模糊的窗外，雪還下著。

奇諾皺著臉說：

「可是你都用我不曉得的單字害我輸……」

「冬季的故事」
—D—

「咦？可是真的有『蘇桑拿斯』這道料理嘛！」

「…………。我看我去吃午飯好了……」

奇諾把刀子整理好，然後收進旅行袋跟包包裡。

她拿起擺在窗戶旁邊蓋著蓋子的平底鍋，然後用最簡便的方式，直接伸進壁爐的火焰裡加熱。

吃過熱騰騰的料理之後，就用雪融化後的水清洗平底鍋，再把它吊回原來的地方。

正當奇諾喝著餐後茶的時候。

玄關突然有腳步聲響起，接著敲了好幾下門。

「咦，真稀奇。有客人耶。」

漢密斯說道，奇諾站了起來。

「我們也算是訪客啊。」

「在這裡應該沒問題吧？我想我沒走錯才對。——不過，別的地方除了森林就什麼也沒有了。」

對方是個年約四十歲的男子。他的臉跟下巴都長滿鬍鬚，長到背部頭髮則隨便綁成一束。他身穿防寒衣，頭戴毛線帽。還扛著一個大行李。腳上穿著似乎是手工木製的雪地步行用的踏雪套鞋。

「我是個旅行者，叫我迪思就行了。衛兵要我到這裡來，請多多指教。」

「我叫奇諾，這是我的伙伴漢密斯。」

「你好——」

這個叫迪思的男子在玄關放下行李，然後稱讚這地方不錯。他脫下踏雪套鞋，脫下防寒衣。現在的他只穿著毛衣。

奇諾請他坐下，迪思道完謝就座後，放輕鬆地吐了好大一口氣，然後說自己本來是騎馬旅行，但馬卻倒在雪地裡，加上後來又遇到大雪，今天早上才好不容易抵達這個國家。

然後對奇諾說：

「不過我有點訝異，想不到像妳這麼年輕的人也出來旅行？」

「這話是什麼意思？」

「不是啦，請妳不要誤會。不過老實說，不回故鄉在這個世界四處流浪的人，都是『另有隱情』。如果用更直接的說法，大多是基於什麼理由而無法待在故鄉的傢伙。不過話說回來，我也是另有隱情的其中一人。我們也不用太追究雙方的底細，好好相處吧。」

迪思開心地說道。奇諾的表情沒有特別變化，只是輕輕點頭表示贊同。

「其實我啊，對這個國家並不瞭解。不過那樣反而比較輕鬆。入境之後，我說盡可能希望能在這裡一面工作一面待到春天，想不到他們卻嚇了一跳，還問我『難道你不知道嗎？』這句話。後來他們就叫我來這裡，其他什麼也沒問。還說如果想知道詳情就問奇諾。其實只要工作，他們就會讓我住在這裡吧？」

「是的，沒錯。」

「我可不是老王賣瓜，我可是擁有在大部分國家都通用的工作技能。想必很快就能找到工作吧？」

「原來如此。可是——」

奇諾說：

「我們在這個國家要做的事，並不需要什麼技術。」

迪思略為驚訝地詢問奇諾。

「是嗎……？那我要做什麼？」

奇諾面不改色地回答他的問題。

「殺這國家的人。」

「冬季的故事」
—D—

奇諾對迪思說明。偶爾漢密斯會從旁補充。

這個國家基於特殊的宗教之故，因此並不存在「治療」這種行為。

在他們的教義裡，不允許他人修補人類的身體。那麼做會違反他們神明的旨意。他們認為人類都是大自然的一員，因此要像生活在大自然的動物那樣，只能靠自己的抵抗力自行復原。既然是自然誕生，就得接受自然死亡的事實。而治療與手術，還有服用別人開的藥，全都不自然，也算是一種罪惡。那也是無法讓靈魂上天堂的手段。

只要是受傷或生病，別人都不准插手。要靠自己治癒。而且不僅嚴格限制患者周遭的人所能做的事，就算受託也只能幫忙送飲水跟食物而已。

如果是傷勢或病情輕微的話，倒還無所謂。如果是重傷或重病的情況，到最後就跟見死不救沒什麼兩樣。所以大部分人都是以「自然」死亡的方式脫離痛苦。

因此為了不讓無藥可醫的人再痛苦下去，他們也自然開始產生安樂死的想法。可是他們又不忍心下手殺死自己的同胞，畢竟那是殺人的行為，也會下地獄。

能夠讓他們用非自然死的方式上天國的手段只有一個，就是引用戰爭時期的教義。如果是被異教徒殺害的話，就能毫無疑問地上天堂。

換句話說，就是所謂的「宣教」。還是「殉教」？——對，就是後者。

很久很久以前，某人就拜託滯留這國家的旅行者。那名旅行者接受委託殺死病人，後來受到被驅逐出境的處分——不過也拿到病人家屬致贈的酬勞。

後來從個人的委託轉變成國家主動委託。他們在境內蓋一個「國外」做為旅行者的滯留場所，然後委託工作，執行完就處罰他們離開。但是答應供給糧食當做酬勞。也不特別禁止他們再次入境。

為了防止旅行者久住，一個人最長只能待九十天。也就是只允許停留一個季節。這其中有人只待一天就離去，也有人一直待到期限的最後一天。尤其是因為大雪封閉的冬季，有時不是沒半個人來。不然就是來的人得停留到春天為止。

然後奇諾說她打算在這兒生活三十天，等雪變小方便摩托車行走的時候就會離開。

迪思不發一語，他瞪大眼睛聽著這些說明。

說明完狀況之後，奇諾接著簡略介紹目前所在的建築物。往裡面走有許多房間，每天都會持續供應電、溫水、糧食跟柴火。那些都屬於目前居民的共有財產。不過條件是所有人能公平輪流接受安樂死的委託工作。

「用來殺人的說服者跟子彈，是從城門那兒借來的。然後事成之後雖然會被當成『異教徒』來看，但是只要適當做出回答，基本上並沒有什麼大問題。」

然後漢密斯問：

「好了，有什麼疑問嗎？」

「有的。」

迪思過了許久終於開口。

「至今被妳『安樂死』的人……，有那種在妳的國家如果送醫院治療的話，就不會死的人嗎？是否至少有一個人呢？」

奇諾想了一下回答。

「冬季的故事」
—D—

「應該有吧。」

「既然這樣……妳不覺得自己做的是一種『殺人』行為嗎？」

「或許吧。」

「在妳的國家……『殺人』是合法的嗎？」

「不曉得，我並不是很清楚『大人的世界』。」

「……」

「還有什麼問題嗎？如果沒有的話，我話就說到這裡。」

「……。那是殺人。我不想幹那種事。」

「是嗎？」

「……」

漢密詢問一直盯著奇諾看的迪思。

「大叔，聽說你是被祖國趕出來的。換句話說，一直以來是『另有隱情』的關係才不斷旅行對吧？難道截至目前為止，你從來都沒殺過人？」

剎時迪思感到驚訝，然後表情沉重地搖搖頭說：

「不……我曾殺過人。」

「既然這樣的話──」

奇諾說道。

「我就沒必要在這裡養活你。你也沒有理由靠我養活。」

到了晚上。

迪思坐在自己選的房間的床上。天花板有一盞小燈。一只皮製的小手提包擺在桌上。旁邊散落著攜帶糧食吃過的包裝紙。

窗外只見白雪在黑夜裡靜靜飄落。

「怎麼會這樣……實在不應該到這種國家來……」

迪思喃喃自語。他慢慢移動視線，看著那只皮製手提包。

「怎麼會這樣……怎麼會這樣……」

他不斷唸唸有詞，但旁邊並沒有任何聽眾。

「冬季的故事」
—D—

奇諾坐在自己房間的床上。天花板上有盞小燈，還映出漢密斯扭曲的倒影。窗簾是拉起來的。

「『即使是不想做的行動，或明知道是錯誤的事』……嗎？」

奇諾喃喃自語，漢密斯回應她。

「反正妳就是妳。倒是妳何不想想春天到了之後有什麼打算？」

「春天啊？——還很久呢！」

早晨。

天亮了，白雪靄靄的森林稍微恢復原來的顏色。略帶淡藍的灰色天空變得比較明亮，白雪、綠葉與並列的棕色樹幹也再次露臉。

奇諾經過走廊來到客廳，然後打開窗戶眺望外面。

雪雖然停了，但天空還是陰陰沉沉的。森林裡的積雪，厚度又增加了一些。雖然聽不見鳥叫聲，倒偶爾會聽到雪從樹上落下來的聲響。

奇諾在寒冷的空氣中活動筋骨。她不僅做暖身運動，還練習拔槍。

接著她沖了澡，換上乾淨的衣服，繫上腰帶，把「卡農」掛在右大腿處，而白襯衫外面又罩上一件黑夾克。她推著剛剛被叫醒的漢密斯，然後把他停放在客廳的椅子旁邊。

接著她跟昨天一樣做了相同份量的料理。

正當她喝著餐後茶的時候，迪思也走到客廳。

奇諾感到有些驚訝。漢密斯則脫口而出：

「你是誰？」

迪思臉上的鬍鬚全部剃光，頭髮也剪得又短又整齊，看起來年輕多了。

迪思還是用從昨晚就變沉重的表情對奇諾跟漢密斯打招呼。然後坐在椅子上。奇諾問：

「你自己剃的？」

迪斯說「是啊」，然後輕輕點頭。

「好厲害哦，真讓人有點羨慕。」

迪思沒有回答。奇諾說廚房裡有個平底鍋，她已經吃掉裡面一半的料理當午餐，如果他要把剩下的吃完並願意幫忙洗鍋子，這她倒是不介意。

就在她話剛說完的時候，鐘聲響起。那鐘聲傳遍全境，像發了狂似地拼命敲，也重覆了好幾

「冬季的故事」
—D—

次。

「早上的鐘聲是通知國民『異教徒入侵』的暗號。」

迪思緘默不語地往廚房走去。他重新加溫平底鍋，然後坐回椅子上。

「為了要吃那些東西，就必須做點事情。」

「…………」

迪思看了奇諾一眼，再看看平底鍋裡面。然後開始吃奇諾做的料理。

「現在是每日特餐。今天要去哪裡？」「怎麼樣？」

奇諾跟漢密斯幾乎在同時詢問。但迪思只是默默地繼續吃。

把料理吃得乾乾淨淨之後，迪思把平底鍋跟叉子放在一旁並看著奇諾。他跟昨晚一樣盯著她，然後開口說：

「今天換我去。」

「今天換我去，不用多說了。」

他站起來說完這句話就走進房間。過沒多久就穿著防寒衣，戴著帽子又走出來。手上還拎著一只皮製的小手提包。

「然後我會設法讓妳從明天起不用去。」

迪思說道。奇諾慢慢從椅子上站起來。
「這話是什麼意思？」
「如果還能救的話，我會救那個人。」
「怎麼救？」
漢密斯從後面問道。
「當然是用治療的方式。」
「就算有辦法『說服』他們，這國家也沒有醫生。搞不好連『醫療』這個名詞都沒有呢。」
奇諾說道，迪思點頭表示贊同。
「很有可能。」
「那怎麼辦？要打電話大老遠找醫生來嗎？」
漢密斯說道，迪思這次則慢慢搖頭說：
「沒那個必要。——醫生就在這裡。」

「冬季的故事」
—D—

迪思大大打開手上的手提包給奇諾跟漢密斯看。首先是整齊擺在透明檔案夾的手術刀，接下來是聽診器跟針筒。盒子裡的醫療器材都井然有序地收在手提包裡面。

「…………。原來你不是理髮師啊？」

「真教人大吃一驚。」

奇諾跟漢密斯說道。迪思輕輕點了好幾次頭，然後合上手提包。

「其實我是一名醫生，我不是說過？我擁有『在各種國家都通用的工作技能』。」

「原來如此。」「原來如此。」

「過去我造訪的國家都曾讓我在當地的醫院工作。我不僅有指導別人的經驗，也有一兩次向其他醫生請教過。」

「那、為什麼還？」

漢密斯問道。然後迪思一面苦笑一面說：

「你是指『不用追究底細』——是嗎？」

「我是指『雙方的底細』——就是之前奇諾跟大叔交談的內容。」

「哈哈哈！」

迪思繼續苦笑。然後，

「那麼我告訴妳們吧。我為什麼無法留在我的故鄉。以目前這種情況來說，可能會很奇怪。我就簡單說好了。『我以前是醫生。但是如果他們實在沒辦法救治的話，我會刻意把患者殺了』。」

「那換句話說……」

奇諾沒把話說完，漢密斯直接幫她接下去。

「你是幫他們安樂死的醫生對吧？」

「所以我才說『我有經驗』，記得嗎？」

「原來如此啊～」

奇諾一語不發地等漢密斯說話。

「換句話說，那就成了大叔的『隱情』。對不對？」

「對，你說的一點也沒錯。我不是在老王賣瓜，我故鄉的醫療技術非常進步。以前在自己國家的時候還不覺得，現在一出來比較真的覺得相當進步。我相信我在自己的國家學會了許多技術與知識。不過即使如此，還是有『無論如何都救不了的患者』。對於找不到治療法與特效藥的患者，只能

「冬季的故事」
—D—

夠設法減緩他們的痛苦。但那有時候是有限的。我知道我們醫生絕不是無能，但有時候還是會有幫不上忙的無力感。」

「所以就有人希望安樂死。」

漢密斯說道。

「沒錯。當目前的醫療技術絕對醫治不好，可是痛苦又無法消除時，那種患者就會想尋求安祥的死亡。與其自己痛苦到最後，在身心難堪得可能連自己是誰都不曉得的情況下死去；還不如待在自己家裡，在心愛的人事物的圍繞下，一面把自己當成人生的前輩留下一些很棒的話，一面笑著離開人世。」

「就像鄰近國家那些人一樣？」

奇諾問道。

「就像鄰近國家那些人一樣。」

迪思回答。然後又繼續說：

「不過那在我的故鄉是違法的行為。縱使理由各式各樣，但結論只有一個。『不管患者呈現什麼狀態，甚至是本人的意願，醫生執行安樂死都是殺人的行為』。」

「而大叔還是那麼做了。」

「沒錯。不過在決定那麼做以前，可不像煩惱『這道菜該灑鹽或胡椒』那麼輕鬆喲！我可是煩惱了好幾年呢！」

「後來怎麼樣呢？」

「後來兩方面我都持續做了好幾年。我一面工作，一面盡量隱瞞。很諷刺的是，兩方面都得到感謝。但是有一天我突然遭到警方逮捕。畢竟百密難免會有一疏。」

「然後呢？然後呢？」

「後來因為我殺的人數太可觀，在國內造成不小震撼。對安樂死的議論雖然開始興起，但還是無法改變現狀。當時的我幸運的話是判無期徒刑，倒楣的話將是死刑。究竟結果如何，我到現在也不清楚。不過當時我也做好最壞的打算，也想過『到時候我自行了斷』。——當我聽到被永久驅逐出境，剎那間還不曉得發生了什麼事。事情的經過大概就是這樣。」

「原來如此，我完全了解了。謝謝你告訴我們這些。」

「不客氣。」

「冬季的故事」
—D—

迪思把視線從漢密斯移到奇諾，

「抱歉囉哩叭嗦講了這麼多，我差不多該走了。我打算盡自己最大的力量。既然『異教徒可以殺死居民』，那我就殺了他們。只是我會用自己的方法去做。搞不好我手一滑就能治療他們的傷勢，或是讓他們服下對病情有效的藥。最後那個人的抵抗力提升，變成『自然痊癒』。那就與我無關了。」

奇諾問：

「我不確定那國家的人們是否欣然接受這種行為？即使如此，你還是要去？」

「是的。」

「這可是『攸關生死』喲！」

「人生不就是這樣？活著的人所做的決定，都會不知不覺中成為『攸關生死』的決定。畢竟那是息息相關的。過去我也都是用那種方式來對待他人。往後我將對自己那麼做。昨晚我考慮了一整夜。最後的結論不是『我應該怎麼做』，而是『我想怎麼做』。」

「原來如此……如果我想『說服』你不要那麼做呢？」

剎那間迪思理解她的意思。

「喔～是嗎？原來如此——如果我一旦成功，妳可能就無法繼續待在這裡。就某種意義來說，妳將失去『工作』跟『住所』。」

「沒錯，所以我可能要被迫用殺人的方式阻止你。為了求生存，或許必須採取無情手段。」

奇諾瞄了一眼右腿的「卡農」，並把手擺在右腰。

「四四口徑的左輪手槍嗎？妳帶了好厲害的武器哦。要是被打中的話，可能會沒命吧？」

「沒錯。」

「不過我還是要去。」

迪思回答。他右手拿著手提包，左手握拳輕輕敲自己的胸口。

「要開槍的時候，麻煩妳一次開三槍左右。——盡量不要讓我感到痛苦喲。」

他笑著這麼說，隨即轉身走向玄關。就在他打開門走出建築物外面的瞬間，

「我會祈求鐘聲不要再響起。」

奇諾說道。迪思沒有回頭，只出聲回答：

「『祈求』是救不了人的。」

「我知道。」

「真是遺憾。」

「的確沒錯。」

迪思開始往前走，他的背影也顯得越來越小。奇諾擺在腰際的手也往下移到槍袋。

這時候迪思突然回頭。他笑著大聲對奇諾說：

「對了對了，還有一件事我忘記說！」

「什麼事？」

「剛剛的料理非常好吃喲！謝謝妳。——那我走了。」

「…………」

奇諾露出非常訝異的表情。

然後一語不發地目送迪思，直到看不見他的人才把門關上。

後來過了中午。

雪停了。

風吹散雲層，漸漸地可看到藍天。

到了傍晚。

天上還殘留著雲，從雲縫間則透出柱狀的紅光。

奇諾坐在客廳的桌前分解清潔她稱為「森之人」的自動式掌中說服者，已經到了快組裝好的階段。

奇諾一抬頭，看見窗戶前方的冰柱正不斷滴水。

這時候有腳步聲響起，接著有人敲門，那個聲音把原本在睡覺的漢密斯吵醒了。

「有客人來了。」

奇諾把「森之人」插進槍袋，然後站起來。

「奇諾妳在嗎？」

聽到的是很熟悉聲音。

「原來是衛兵先生啊！」

漢密斯說道。奇諾開門請衛兵進來，兩名衛兵的其中一人抱著木箱，另一個則空著手。

「冬季的故事」
—D—

「奇諾，有個令人悲傷的消息。」

平常目送奇諾離開的衛兵突然這麼說。

「怎麼了?」

衛兵動也不動地繼續說。

「『今天入境我國的異教徒，加害我們勇敢跟病魔獨力奮戰的同胞。而他跟昨天來這裡的男子長得一模一樣。』」

「…………」「嗯嗯，然後呢?」

「『幸虧他對我們同胞並沒有造成很大的危害，而我們同胞也發揮天生強韌的自然抵抗力逐漸好轉。可是我們實在很難原諒這個男人的行動，因此將他拘留。為了不讓他再做出這種事，我們要求他對目前生病及受傷的同胞一個個謝罪以茲懲罰。他也感謝我們寬宏大量的處置，欣然接受這個懲罰。他會接受是理所當然的事，而且他可能暫時不會回來這裡。雖然上級嚴格交待不得再讓他造成相同的危害，不過一旦他再做出相同愚蠢的行為，這項懲罰將永遠持續下去。』」

「這樣子啊，這人真是傷腦筋哪~」「就是啊。」

「『一點也沒錯，我們實在不曉得他腦子在想些什麼。在他悔改以前，我們得暫時限制奇諾妳入境及國內的行動。之前入境時我們曾拿說服者給妳，接下來再也不會拿給妳了。』」

「知道了。」

「『最後，不管那個男人是多愚蠢的罪人，我們都會秉持慈愛的心保障他最低限度的生活。當我們這麼對他說的時候，他卻大言不慚地說「我這個人天生吃的不多，剩下的一半就分給住在外面的異教徒吧」。』」

「…………」

「『我們無法讓妳吃異教徒的剩飯。但是丟棄上天跟大自然賜予的重要糧食會違反我們的教義，所以才來這裡像這樣處分掉。我們會每天送過來，但是妳跟往後住在這裡的異教徒都無權拒絕。』」

然後另一個人放下抱來的木箱。他打開蓋子，裡面放了跟往常一樣的食材。

「『以上是我國要轉告妳的話！我們將回收罪孽深重的異教徒的行李。請問妳有什麼話想轉告他嗎？』」

「有的，只有一句話。」

奇諾笑著說。

「冬季的故事」
—D—

「請說。」

「請告訴他『很抱歉讓你吃那種東西。不管是什麼理由，你是第一個笑著說好吃的人』，就這樣。」

「啊？」

衛兵臉色一垮。

漢密斯則在奇諾後面開心地說：

「師父明明差點沒命說。」

「在那之前我還以為她中槍呢。」

兩名衛兵互看對方之後，

「『我們為幫妳轉告的。』」

「麻煩了。」

然後兩名衛兵恭恭敬敬地抱著迪思的行李離開建築物。

夕陽把世界染得鮮紅之後，不久就下山了。只有一次是積在屋頂上的雪轟的一聲全落下來。

即使天色都暗了，也都沒再聽過鐘聲響起。

夜晚。

奇諾坐在自己房間的床上。天花板上有盞小燈，還映出漢密斯扭曲的倒影。

床上散放著她的行李。

除了折疊整齊的襯衫，還有帽子及手套、其他小東西。奇諾仔細把它們收進旅行袋裡。

整理好以後便把旅行袋合上。奇諾拿起桌上的杯子慢慢啜飲有些涼掉的茶。

「我說奇諾，到了春天妳有什麼打算？」

漢密斯問道，奇諾回答：

「春天啊？說的也是，那就再——」

第五話

「森林茶會的故事」

—*Thank You*—

第五話「森林茶會的故事」

—Thank You—

這是發生在某個森林裡的故事。

在群樹繁茂生長的陰暗森林裡有一條道路。那是一條筆直、經過整頓之後變得更好走的道路。由於配合不斷重覆的蜿蜒地形，道路當然也跟著蜿蜒延伸。

在那兒看不到國家的城牆，完全置身於大自然中。

森林裡有潺潺的河流。用來游泳可能嫌小了一點，不過玩水的話倒是很適合。河水十分清澈，河底的泥沙清晰可見。

當道路遇到需跨越河面，這時候就出現一座橋。那是一座用石塊砌成、非常古老的橋樑。

有一名老人正坐在橋上垂釣。

那是個身材瘦高、年紀相當大的老爺爺，白髮蒼蒼的頭上已經半禿了，身穿農夫常穿的連身工作服。他身旁放著一只裝了水的木桶，不過裡頭一條魚也沒有。

太陽高掛在森林上方，為整個世界帶來舒適的暖意，薄到擋不住陽光的雲朵，一絲絲飄浮在天空。這對在意季節變化的人來說，夏天就要到了。

手握短竿的老人，突然抬起頭來，直盯著道路前方。老人的耳朵果然沒聽錯，前方出現一輛車子，它揚起了薄薄的塵土慢慢駛來。

那是一輛又小又不太乾淨的黃色車子。只見車身到處生鏽，還欠缺些許零件。老人放下釣竿，在小心不被撞到的情況下對著車子揮手。

車子發出奇怪的聲音停在橋上。

上面坐著兩個人。從右邊駕駛座下車的是左腰掛著自動式掌中說服者，身材略矮但長相俊俏的年輕男子。從左邊下車的，是身穿看似高尚的服裝，右腰懸掛著大口徑左輪手槍，留著一頭烏溜溜長髮的妙齡女子。兩個人可能沒料到會在這種地方遇到人，因此還一度互看一下對方。

「嗨，你們是旅行者吧？」

老人開心地說道。女子向他問候。

「你好，我們萬萬沒想到會在這種地方遇到人。」

「我是個拋棄國家的人。目前只有我跟我另一半兩個人住在這森林裡。」

老人說道。然後對訝異地兩人說，請他們務必去他家坐坐。希望能跟他們一面喝茶，一面聽他們的旅行見聞。還露出溫柔的笑容說，希望他們可在他家過夜，去除旅途上的勞頓。

「反正我們也不趕路，那就恭敬不如從命了。」

女子說道，老人瞇著眼睛說：

「謝謝。看來今天會是個令人開心的日子呢。我家就在上游，等一下我會沿著河邊走回去。至於兩位可能要繞一點路，你們往前走一段路之後，就會看到左手邊有一條往下走的小路。你們直接往那條路開進去就行了。」

女子回答「瞭解了」。男子邊走回車上，邊詢問老人。

「你有釣到什麼魚嗎？」

「有啊。」

老人拿起釣竿跟只裝著水的木桶，笑著回答他。他熟練地用一隻手把釣竿的釣線捲好。

「那麼我先回去等兩位。」

說完就開始沿著河邊離開。

「師父……真的要去嗎？」

男子詢問女子。

「走吧，在森林裡喝茶的感覺不錯喲。」

女子立刻回答，男子喃喃地說：

「喔……」

這裡有一棟房子。

房子的一部分是原來應該是車子的方形大鐵箱。窗框的隙縫都用木板補上，緊接著蓋在旁邊的則是一棟小木屋。

房子蓋在森林裡的河邊，周遭的土地是經過完整開墾、井然有序的農田，房子旁邊有蓄養家畜的小屋，裡面只養著幾隻動物。

破舊的黃色車子有氣無力地從森林小徑開下來並停在房子前面，老人跟老婆婆正在這裡等著他們的到來。

四個人打完招呼後，身材嬌小、笑容可掬的老婆婆說了聲「請進」，便將他們引進屋裡。鋪著木板加高一階的玄關前方，擺了許多開著美麗花朵的盆栽。

一走進屋內，就看到寬敞的客廳。這個房子很大，裡面應該還有好幾個房間吧。

室內全部用原木以精良的木工建造成樸素又美麗的空間，家具跟用具都是手工的木製品。原木堆成的牆壁上，裝飾著雕刻的木盆及裱著美麗畫框的花草畫。櫥櫃裡也井然有序地排放繪有相同圖案的碗盤。枝梗修整完好的兩把掃帚，整整齊齊地吊在粗原木柱上。

而兩片牆上有車窗改造成的大窗。現在是開著的，涼風正吹進屋裡。透過窗戶還可看見農田、美麗的森林跟靜靜流動的河川。

屋內擺放了利用粗原木完美橫切成的桌子，跟細心用木頭組成的椅子。女子跟男子道謝之後，兩老便招呼他們坐下。老人坐在他們對面，老婆婆因為要泡茶，所以就往房間最旁邊的火爐走去。

「這房子好棒哦，真教人感到驚訝。」

男子說道。

老人開心地說「聽到你這麼說，我真的很高興」。

老人開始娓娓道出有關他們自己的事。譬如他們兩夫婦並沒有小孩。從年輕的時候就覺得無法在祖國居住下去，便開著拖車出來旅行。他們並沒有移民到任何國家，後來看上這個附近沒有任何國家，氣候又穩定的森林，因此便開始過著自給自足的生活。他們使用大自然的材料蓋房子，飼養動物並種植蔬菜，然後一面靠自己雙手製作出各式各樣的東西。數十年來，過著只有兩個人的平靜生活。他們的巧手對於這裡的生活很派得上用場。偶爾也會像這樣招待路過的旅行者喝茶，舉辦開心的茶會。

女子淡淡地說：

「好棒哦。等我老了以後，也希望能安居在這樣的環境。」

坐在她隔壁的男子相當吃驚。

「我怎麼不曉得師父有這種想法……」

「我總不能旅行到老死吧？」

「話是沒錯啦。」

兩人說完了以後，老人開口問：

「森林茶會的故事」
—Thank You—

「請問兩位準備上哪兒去？」

男子可能想到開車是自己的責任，便回答他許多事。包括他們沒有特別的目的地，家鄉也沒人等他們回去，以及他們並不是一路做買賣的商人等等。

「反正就是四處流浪啦！」

男子略帶自嘲的語氣說道。女子沒特別說什麼，只是坐著。

「是嗎……旅行就是這樣有苦有樂。」

老人感慨萬千地說道。

「我是覺得老待在同一個地方有點無聊啦！」

男子說道。

「不過也很有樂趣喲！像是利用自然材料親手製作各種東西的喜悅，這是我們活下去的動力。」

老人說道。

「來，各位。茶泡好了喲！」

老婆婆端著托盤過來。裡面擺著四個茶杯跟一個大茶壺。

女子對那個茶杯很感興趣，在事先告知一聲之後便伸手拿了一個。那是形狀完美，上色漂亮的可愛茶杯。

「這也是你們做的？做得非常棒呢！」

老婆婆狀似高興地點點頭。老人開心地說當初要找適合陶器的黏土，過程非常辛苦。他在森林裡找了好幾年之後，卻偶然在附近河岸找到適合的黏土。

「來來來，快趁熱喝茶。」

老婆婆往四個茶杯注入熱騰騰的茶。分別放在客人與老伴的前面之後，自己也坐回椅子上。

「那我喝了。」

女子說完，便把茶杯拿到嘴邊，她測試溫度以後才喝下。喝了幾口之後，說茶很好喝。老人跟老婆婆也開心地喝著茶。

「……」

過了一會兒，男子最後才喝茶。

「我很想拿甜點招待兩位，但是很不好意思，昨天剛好吃完了……」

老婆婆說道，女子立刻搖著頭說：

「請不要太張羅。」

「兩位旅行者，如果你們不趕時間的話，何不今晚留下來過夜呢？我們已經好久沒跟別人一起用餐，也想聽聽外面的事情。」

老人說道。此時，女子喝了一口茶之後，卻搖搖頭說：

「那是不可能的事。」

老夫婦露出略微驚訝的表情。女子放下茶杯並站起來，接下來一把抓起自己剛剛坐的椅子往玻璃窗砸過去。

一陣猛烈的聲響，玻璃窗整個碎掉。椅子也跟著碎裂。

「！」「哇！」

就在老夫婦大吃一驚時，隔壁的男子也同時抓起自己的椅子丟出去，撞在原木牆壁的椅子整個粉碎。

女子快速走向牆壁旁邊的櫥櫃用力踹，薄薄的木板馬上裂開，擺在裡面的小型陶製擺飾則碎到不可能復原的程度。男子則伸手把擺在櫥櫃上方的碗盤依序打落，它們全摔碎在木板地面。

「你、你們做什麼？」

老人好不容易擠出這句話。他的臉上夾雜著驚嚇與恐懼，雙手抱在胸前直發抖。

「旅、旅行者！住、住手啊！請你們住手……」

不管是否有聽到這些話，兩名客人依舊拼命破壞他們的房子。另一扇玻璃窗也被男子踢破，女子則把畫打落，還跟著把畫框踩壞。

老婆婆大叫。

「拜託呀！旅行者！不要破壞它們！啊啊！那些東西都充滿我們的回憶啊！要是我們做了什麼令你們不滿意的事，我們願意道歉！求求你們！求求你們……」

兩個人依然故我，肆無忌憚地繼續破壞著。

「天哪，我們都是手無縛雞之力的老人，你們想要什麼東西就儘管拿去沒關係，只求你們不要破壞這個家……不要破壞我們用來遮風避雨的場所……求求你們住手好嗎？」

但是兩人依舊繼續破壞。他們臉上並沒有明顯的憤怒，而是一副彷彿在說「這是今天的運動」的普通表情，毫不在乎地破壞看到的東西。掛在牆上的東西大致上都被破壞殆盡了。

「太過份了……我們到底做了什麼惹你們生氣的事……？竟然會讓你們破壞我們一直守護的家…

……跟充滿回憶的物品……」

老婆婆哭倒在地上，老人氣得面紅耳赤並伸手抓起吊在柱子上的掃帚。他雙手握著把柄，朝站在牆壁旁邊劈哩啪啦把碗盤踩碎的男子揮去。雖然老人揮了掃帚，但是兩人相隔的距離讓老人至少得走五步才搆得到，而且他揮的不是較為寬大的掃帚頭，而是細長的把柄。

「夠了，你們出去！你們不要欺負我們這種老人！」

男子看出老人對自己的敵意，但只是說著「傷腦筋」，並沒有把他放在眼裡。接著他用雙手扯著上面快壞掉的櫥櫃，打算用全身的重量把它拉壞。

看見這景象的女子說也是嘴巴說著「傷腦筋」，然後把手移到腰際，再從那裡的槍袋拔出大口徑的左輪手槍。

砰！

一個劇烈的聲響。

原本在地上哭泣的老婆婆跟吊掛在櫥櫃的男子，都被屋內突然響起的槍聲嚇了一大跳。

至於那個舉起掃帚的老人，還來不及驚嚇就死了。他側頭部被四四口徑子彈擊中，瘦長的身體往旁邊倒下。從他的頭部不斷流出鮮血，把整個地板都染紅了。

女子右手握著剛剛開了一槍的左輪手槍，面不改色地站著。

「哇啊～」

老婆婆發出奇怪的叫聲，啪噠啪噠地往屍體的方向爬去。她抬起屍體的頭，拼命搖著她的丈夫，任憑流出的血沾滿全身。

「呀啊啊啊啊啊啊啊啊啊啊啊！呀啊啊啊啊啊啊啊啊啊啊啊！」

老婆婆發出尖銳又長的悲鳴，她知道不管自己怎麼叫也喚不回丈夫。那聲音聽起來彷彿吹過森林的風笛。

停止破壞櫥櫃的男子，現正站在沒把手槍收起來的女子旁邊。正當他用詫異的表情要跟女子說話的時候。

「天哪！」

老婆婆立刻站起來。雙手跟胸前沾滿鮮紅的血跡，臉上露出沉穩的笑容。

「你們把這裡搞得亂七八糟的，我得好好打掃才行。」

說著，便伸手拿吊在柱子上的掃帚。

「森林茶會的故事」

—Thank You—

「我得好好打掃——」

砰！

女子開了第二槍，這槍打中老婆婆的胸部，她嬌小的身體誇張地彈開，撞到柱子之後迴轉了幾圈，然後啪地落在老人的屍體上面。

「…………」

女子一語不發地把左輪手槍收進槍袋裡，小木屋裡面變得一片寂靜。

至於在旁邊誇張地做出塞住耳朵這舉動的男子，

「師父……這太不像妳的作風喲！」

表情驚恐地說道。女子看著他說：

「什麼叫『不像我的作風』？」

「不管怎麼樣，妳不覺得太早開槍了嗎？而且殺死手持木棒的對手，不覺得沒什麼意義嗎？」

女子看著老人剛剛拿在手，但現在掉在地板的掃帚說：

「你不要撿起來，仔細看它的前端吧。」

「…………」

男子走了幾步，仔細盯著掃帚看。

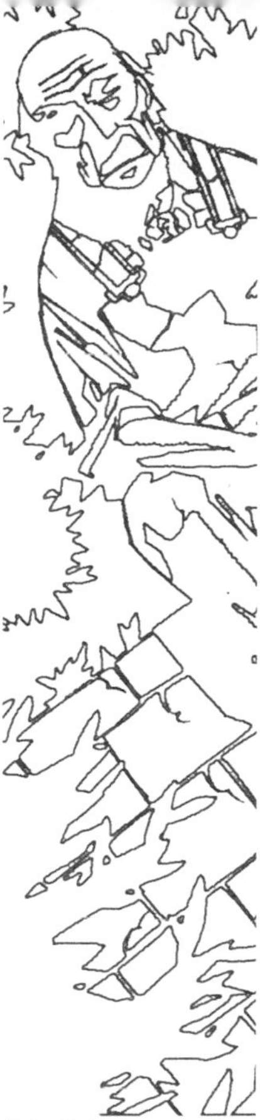

「上面有個小洞。」

「你小心翼翼把它拿起來，然後往對面的牆壁揮去。」

聽到女子這麼說，表情變得更加訝異的男子，單用左手揮動它。

咻～咚！

似乎有什麼物體迅速飛出，然後刺在牆壁上。男子大吃一驚走近牆壁，看著刺在上面的大針。

「咦？」

他發出驚訝的聲音。女子對回過頭的男子說：

「那上面可能塗有劇毒，你不要碰。」

「…………」

男子沉默了一會兒並僵在原地。他看著躺在地上的兩具屍體，那就像沾滿血跡的破抹布。接著，他突然把自己的左手指伸進嘴巴裡面。女子見狀便說：

「這時候就算不催吐也不會有事的。」

「可是……」

「茶杯裡並沒什麼異狀。如果解毒劑沒奏效的話，我們兩個……不，我們四個早就死了喲。」

對著拔出手指頭回過頭的男子，女子淡淡地說道。男子則垂下略微緊張的肩膀。

「……我一直覺得我贏不了師父妳的！」

男子笑著說。女子的表情看似覺得無趣，但也不像是在生氣。她如此說：

「女人最重要的是膽量。」

「好了，開始動手吧！」

女子說完之後，兩人便開始在房間裡搜索著。他們擅自把壞掉的家具、箱子及櫥櫃打開來檢查。還查看桌子下方跟裡側、廚房的櫃子裡面，以及地板是否有暗門。甚至連沾滿鮮血的屍體下方的地板，也都不放過。

找完這個房間之後，兩個人便開始分頭到小木屋的其他房間找。

搜索開始好一段時間後。

當女子在寢室裡，小心翼翼地從衣櫥下方一一打開檢查裡面所有衣服時，聽到男子的聲音。

「森林茶會的故事」
—Thank You—

「師父！師父！」

女子走出寢室往聲音的方向走去。

她跟男子在小木屋與原本是車子的方形鐵箱所連接的走廊碰頭。男子略帶激動地說：

「師父！」

「找到了嗎？」

「找到了……可是……」

「可是什麼？」

「跟我們要找的東西完全不一樣。而且看了很想吐……」

此時女子露出不可思議的表情，詢問在哪裡。

男子沉默地走到走廊，然後打開木門。

眼前是一個箱子。

「原來如此……還真的跟我們要找的東西完全不一樣呢！」

女子說道。她身後的男子小聲地說「我就說吧」。

這個方形箱子像個細長的走廊，光線從男子打開的屋頂氣窗透了進來。裡面放了老夫婦製作的各式各樣「東西」。而且那些都是「用自然材料製作而成的」。

首先映入眼簾的，是從天花板垂下來的腳。那些人腳經過燻製之後，用鐵勾從腿部勾住，然後一雙雙地垂吊下來。每一雙都以等間隔的距離垂吊。

房間有一整面牆則緊密無縫隙地貼著皮。從肚臍跟乳頭的形狀來看，得知那是人皮。上面還有利用手腕到指尖這部分的皮所貼成的圓形圖案。

而豎立的棒子上則插著把眼口都縫起來的乾人頭，據說古時候某個部落曾這麼做過。其形狀都較原來收縮許多，頭髮也都編織得很整齊。

裡面有一張沙發，是雙人沙發，椅腳雖然是木製的，但四周都貼滿人骨當裝飾，坐著的地方跟椅背都是人皮，椅背上還並排四顆做成標本的人頭，而且是男女交錯排列，眼珠的部分則鑲著玻璃珠。要是有兩個人坐在沙發上，臉頰剛好跟那些人頭相觸。從後面看的話，很像是六個感情融洽的人坐在一起呢！

而前面的地板上鋪著不是一般常看到的老虎或熊，而是把頭部跟身體的皮一起剝下來的物體。

那玩意兒當然也是人，應該是個彪形大漢。

然後還有一張小圓桌，四個桌腳都是人腳，上面擺著兩個用頭蓋骨切割成的碗，以及指骨做成的叉子。

屋子最裡面有一個木頭櫃，裡面放了幾個像是特地珍藏的大玻璃瓶，裡面裝了液體跟小小的頭顱。那全都是孩童，睜開的混濁眼珠正盯著女子看。他們張嘴吐舌，舌尖還貫穿了粗針。至於其他瓶子裡則塞滿很多人份的眼球，塞到一點縫隙都沒有。仔細一看，櫃子的邊緣還黏著耳朵。

站在女子後面的男子突然想起老人的話，用不屑的語氣說道。

「『樂趣』是嗎……」

「原來如此。」

女子接著便開始檢查整棟屋子。她移動著家具，有時還把皮剝開。男子站在門口露出厭惡的表情看著她熱衷調查的一舉一動。

當搜查完走回門口，

「森林茶會的故事」
—Thank You—

「看來這個房間都是屍體。」

女子口氣輕鬆地說。

「師父……妳不覺得很噁嗎？」

「屍體又不會攻擊人。」

「話是沒錯啦，可是……」

女子再次看了一下房間。

「他們殺了那麼多旅行者，照理說應該會把那些人身上的貴重物品集中放在某處才對。我們徹底找找看，畢竟我們也是為了那個目的才來的。」

「喔……就算找到晚上也無所謂？」

女性往小木屋走去。

「沒錯，就請你留下來過夜吧！」

「……唔哇。」

留在原地的男子又往箱子裡面看，跟玻璃瓶裡的女孩四目交接，對著那孩子輕輕揮手並回頭的男子，

「嗯？」

然後又回頭。

「你找這邊。」

女子展露連小偷都自嘆不如的手法在寢室翻箱倒櫃，對進來的男子如此說道。男子聽她的話開始檢查床鋪旁邊的櫃子。床跟櫥櫃都是用上等的木材做成的精緻工藝，如果拿去賣的話應該能賣到不少錢。

「不過這實在是帶不走呢！」

男子說道。

兩人沉默不語地繼續在房間搜索。當男子敲擊地板，發現疑似空洞的地方，便把那裡扳開探頭往底下看。不過他抬起臉來搖搖頭。

「到下一個房間看看吧！」

正當女子說完這句話，帶著男子來到走廊的時候。

「森林茶會的故事」
—Thank You—

『謝謝。』

他們聽到這個聲音。女子問：

「你有說什麼嗎？」

「嗯？沒有啊。」

『謝謝。』

聲音又響起。女子停下腳步。

『謝謝。』『謝謝。』『謝謝。』『謝謝。』『謝謝。』『謝謝。』『謝謝。』『謝謝。』『謝謝。』『謝謝。』『謝謝。』

聲音接二連三地響起。

彷彿稍強的風吹過森林裡的時候，樹葉摩擦的聲音。從四周圍但不特定地方，不斷響起各種人不斷說「謝謝」的聲音。

「這是什麼？錄音機嗎？」

女子回頭詢問男子，男子聳聳肩。

「啊——又是那個嗎……這不是錄音機喲。一定又是那個。從剛才我就『感應』到了。」

「你說『又』是什麼意思？」

男子有些難以啟齒，然後露出有點不好意思的表情說：
「是鬼啦，也就是幽靈、鬼魂，我從小就很容易看到或聽到靈異現象。這一定是以前遭到殺害的旅行者們在向我們道謝啦！啊，不過真難得連師父都聽得到——師父？」
正當自己在說話的時候，女子突然快步離開到幾乎消失不見，男子喚道：
「怎麼了？」
女子快速通過屍體橫陳的客廳，走過有漂亮的花盆裝飾的玄關，來到初夏陽光耀眼的外頭。
「師父……？」
男子急忙追出去，從車窗用訝異的表情望著上車坐在駕駛座的女子。
女子瞪了他一眼。
「出發了。」
「咦？咦？——那寶藏呢？」
「這樣一來，就不會再有旅行者遭到襲擊了，一切到此為止吧！況且，就算找到天黑也找不出結

「森林茶會的故事」
—Thank You—

果的可能性也很高。如果他們的目的是玩弄屍體，搞不好早就把值錢的東西全丟了。」

男子露出不可思議的表情坐進副駕駛座，小車子開始晃動。

「現在就出發是無所謂啦……但難不成師父——」

「沒那回事。」

面對男子的詢問，女子板著臉，斬釘截鐵地說道。隨即發動引擎。

「我是無所謂啦……」

男子喃喃地說道，他思考了一下，然後說：

「不過，現在附在我背後的傢伙怎麼辦？」

男子問道。女子面不改色地從右腰拔出左輪手槍。沒看到她這個舉動的男子繼續說話。

「這傢伙可能想跟我們一起旅行——」

砰！

女子突然朝男子背後的空間開槍，車後的玻璃窗剎時全碎掉。右耳直接受到槍聲轟擊的男子則扭著身子大叫。

「哇！」

「…………」

此時女子對張開眼睛看著她的男子問：

「他呢？」

「啊——不、不見了……好像啦……」

「是嗎？那我們走吧！」

女子打了檔之後就迅速把車開走，車子上了坡沒多久就不見蹤影。

森林裡，小河潺潺流著。

河邊有一棟房子。

它的四周環繞著農田與綠意，是一棟非常堅固的小木屋。鋪著木板加高一段的玄關處擺設了好幾個花盆，而且都開著美麗的花朵。其中一盆被四四口徑的子彈直接命中，碎片與泥土散落滿地。

在棕色的碎片與黑色泥土裡有東西在發光。

這棟沒有人居住的屋子的玄關處，散落著大量美麗的寶石，而且被初夏的陽光照得閃閃發亮。

「森林茶會的故事」
—Thank You—

第六話
「說謊者之國」
—Waiting For You—

第六話「說謊者之國」

—Waiting For You—

奇諾跟漢密斯抵達的那個國家，她們只能使用一道城門。

由於衛兵表示西城門不准旅行者使用，於是她們從城牆旁邊的路繞到南邊。她們向衛兵申請停留三天，也得到了許可。

奇諾推著漢密斯通過打開的城門。

城門前方是一片大樹雜然叢生的森林。

大部分泛紅落下的樹葉，覆蓋了整個地面及唯一可通行的泥土路。颼颼的冷風吹動了落葉及奇諾的大衣。

正當奇諾想發動漢密斯的引擎時，一個男人從森林裡走過來。

那名男子年約三十歲，身著薄襯衫外搭著家居式厚背心。他看著奇諾，與她眼神交接，然後露出有些失望的表情。

「他想幹嘛？」

漢密斯問道，奇諾回答「不知道」。

男人感到有些冷地用雙手環抱身體，然後走到奇諾面前。

「嗨，旅行者。請問妳曾在哪兒見過我的戀人嗎？有沒有從她的口中聽說過的我事？有沒有請妳帶什麼口信呢？」

男子問道。

奇諾搖搖頭。

「這樣啊……我的戀人在五年前因為不得已的理由突然離開這個國家出去旅行。但是她離去前曾說一定會回到我身邊，要我等她回來。所以我一直在等她。」

雖然沒有人詢問，但男人還是自顧自的說。不久，一個穿著圍裙的女子從後面小跑步過來。她留著一頭短髮，跟男子差不多年紀。手上拿著看似暖和的外套。

女子一面幫男人披上外套，一面說：

「你穿這樣出來會感冒喲，天氣已經變冷了。」

「啊，對喔。對不起，我以為是我戀人回來了。真遺憾，我又弄錯了。」

男人一面把手穿過袖子一面說道。

漢密斯簡短地說「奇諾妳看那個」，催促奇諾往森林裡看。在前方樹林之間，有一棟房子。

「請問這個國家的人都住在森林裡嗎？」

奇諾問道。

「不，大家都住在北邊一點的城鎮喲。」

男人回答。

「她是我的管家，她很勤奮，所以我什麼事都不用做，這樣就能每天等待我的戀人，真是幫了我不少忙呢！」

說完，男人打了一個大噴嚏。

「你看你，快點進屋裡去吧！」

管家溫柔地說道。

男人問管家，

「還沒嗎？她還沒回來嗎？」

「她總有一天會回來的，快進屋裡吧！」

管家輕輕推了一下男人的背，讓他轉過身。

男人馬上轉頭問奇諾，

「旅行者，妳真的不知道嗎？妳真的沒看過我的戀人嗎？妳該不會把她藏起來了吧？」

奇諾再次搖頭。

「這樣啊……」

男人失望地垂下肩膀，然後就往屋子走去。管家大聲叮嚀他小心不要跌倒。

然後管家小聲地對奇諾說：

「真是抱歉，旅行者。他神智有點怪怪的。無論他說什麼，妳只要說不知道就行了。」

她的語氣很官腔。

「是嗎？」

奇諾一說完，她這次用溫和的語氣說：

「那麼我就失陪了。啊，妳要去市中心的話，從這裡直走就行了。路況不是很好，要小心一點。」

奇諾向她回禮。

她一面看著往森林裡走去的兩個背影，一面發動漢密斯的引擎。

隔天。

一大早就飄著冷冷的細雨。

奇諾豎起外套的領子在鎮上來來去去，購齊必需品。之後，在一家大餐廳吃早餐。她問過店家後把漢密斯推進去，然後把他停在自己坐的桌子旁，靠近出口處。

鎮民因為覺得難得有旅行者造訪，紛紛過來找她聊天。奇諾一面悠哉喝茶，一面跟圍在桌子的居民們講話。

他們問她有沒有什麼想問的事情，

「我們跟住在城門旁的男人見過面，他是怎麼了？」

漢密斯問道。

眾人的臉色大變，而且表情悲傷地緘默不語，現場的氣氛頓變得冷冰冰的。

過了好一會兒，

「他是呃……真的是很可憐的人喲！」

某人開口說話。大家安靜地點頭贊同。

一名年約三十歲的男人如此說：

「有關他的事，我想就由我來說吧！」

說完就跟馬上贊同他的說法並讓位的人交換座位，然後坐在奇諾前面。

「妳好，旅行者。我是認識他十幾年前的朋友，目前在政府工作。」

男子露出悲傷的表情，一開口就這麼說。

他語氣平淡地說出五年前這個國家曾出現一位蠻橫殘暴的國王，而且還為此發動了革命。

「當時那傢伙跟我都是警官，那傢伙是大家公認既聰明又有本領跟人品的人，因此成為革命行動的主要成員。實際上他也是負責直闖宮殿殺掉國王一家人的執行部隊隊長，而我是他的屬下。」

男子說道。

「當時那傢伙有個戀人，是住在這個國家郊區的農家女兒，兩人是在她來鎮上賣菜的時候認識的。當時我也在場……就在發動革命的前一年。她有著一頭長髮，是個美麗的女孩喲。他們倆的感情甚篤，我一直覺得那兩人絕對會結婚。可是……」

男子突然停下來，然後嘆了好大一口氣。

「可是革命就迫在眉睫。我曾問他如果有什麼萬一的話，那她該怎麼辦才好。那傢伙當時回答不出來……後來上級通知我們發動革命的時間日期，這同時也表示必須跟她道別了。畢竟我們很可能喪命，又不能跟她說我們要做什麼事。這逼得他不得不跟她道別。那傢伙真的那麼做了，他說『跟她撒了謊』……」

「原來如此，後來革命成功了對吧？」

奇諾說道。男子點點頭說「對，沒錯」。

「我們摺倒護衛，一路衝進宮殿，找到準備逃亡的國王一家人的車子之後，隨即就發動攻擊。在我跟伙伴的掩護中，他靠近車子投擲炸彈並將它炸毀。真的是個勇敢的男人喲！」

「然後呢？」

漢密斯從後面說。男子露出悲傷的表情繼續說：

「然後，他看到了……」

「看到什麼？」

「在炸得支離破碎的車子裡，他看到屍塊橫飛的國王一家人。有國王跟皇后，兩名王子，跟一名公主。正當大家歡呼勝利的時候，那傢伙跟我看到了。我們看到身穿禮服的公主……正確說應該是被炸得飛過來的公主的頭顱——正是那傢伙的戀人。」

「什麼？」

「原來她是公主……她偷偷跑到鎮上來……然後跟他成為一對戀人……似乎沒有人發現這件事……而那傢伙卻發了狂似地大叫。」

「這麼說，那男人的戀人已經不在世上了？」

奇諾問道，男子跟周遭的人們都點著頭。

「那傢伙……無法承受自己跟理應怨恨的公主相愛，以及親手殺死她這件事。他無視現實的狀況如何，整個人的神智都變得很奇怪。否則照理他應該成為大英雄，在新政府擔任要職。只可惜他一直在醫院胡說八道，頻頻問『她去了哪裡？』……醫生到最後看不下去，只好騙他『你的戀人旅行去了，但是有交待她一定會回來，要你等她』。問題是這個國家的普通老百姓是無法走出城牆的。不過那傢伙當時已經不曉得這件事，就說『那我要等她回來』，接著就開始住在森林裡……後來……這五年來一直都那個樣子。」

男子繼續說：

「新政府決定支付年金給他直到他死去。也替他蓋房子，雇人負責照顧他的生活起居。但可能是在森林生活不方便，或不忍心對他說謊，沒幾個人做得長久。大家都很快就辭去工作。……那也不能怪他們啦。」

「那現在那個人是？」

奇諾問道。

「她好像是旅行者，是外地來的。三年前我跟部下外出偵察的時候，發現一群昏倒在路旁的旅行者。其中有幾名移民到這個國家。我覺得對整件事不甚瞭解的人應該很適合那個工作，於是就雇用她。後來她就一直工作到現在。」

「原來如此……」

「他可能以後都是這個樣子了，因為他的病情毫無起色的徵兆。不過對那傢伙來說，那樣或許比較好吧……」

男子乾笑著說道。

此時站在他後面的中年婦女淡淡地接著說：

「所以我們才會對那位英雄說謊，往後也會繼續說下去。讓他永遠等待那個不會回來的戀人，直到死去。」

隔天。也就是奇諾入境的第三天早上。

天氣晴朗。用過早餐後的奇諾準備好了之後就往南門出發。

森林裡的路有點濕，奇諾小心翼翼地騎著漢密斯。

路上有輛小馬車陷在泥濘裡，上面坐的是那個男人的管家。

「奇諾，該妳上場了。」

「沒辦法。算了，反正遲早也是會弄髒啦。」

奇諾的靴子一面踩著泥濘一面幫她脫困，然後一起來到城門。

漢密斯對著在城門前向她們道謝的管家說，已經在昨天知道事情的來龍去脈。

「這樣子啊……」

正當奇諾她們要往城門去的時候，

「請等等！」

管家把她們叫住了。

「方不方便喝杯茶好讓我答謝妳？順便可以讓妳把靴子洗乾淨？」

奇諾她們被帶到森林裡的木屋，男人正爬上屋頂進行修繕工作。管家告訴他因為得到奇諾的幫助，希望能夠允許她招待她們。男子毫不考慮就答應了。

奇諾用井水把靴子跟輪胎洗乾淨，然後就被帶進寬敞的屋裡。男人回來以後，管家開始泡茶。擺放在桌上的茶杯冒出純淨的熱氣。

「好奇特的香味，請問這是什麼茶？」

奇諾問道，男人說：

「我也不是很清楚，不過這茶很好喝喲！」

說著就從旁邊把原本要給奇諾的茶拿起來喝。

「很好喝喲！」

他喝了一口之後，笑容滿面地對奇諾說。於是奇諾也跟著喝，隨即也讚歎「真的很好喝」。

「對了，」

男子對奇諾跟漢密斯說：

「旅行者妳們接下來會造訪很多地方對吧？如果見到她的話——」

「我知道，我們會告訴她你的事情喲。說你一直在等她。」

「嗯，拜託妳們了。」

男子開心地笑著。

「咦？」

端出小餅乾的管家突然發出聲音。

「是不是又有什麼人來城門了？我好像有聽到引擎聲呢！」

男子停下喝茶的動作，立刻站了起來。

「或、或許是她！我去看看！」

管家連忙對男子說：

「別忘了穿外套啊！」

男子嘴巴說「我知道」，卻沒有穿就跑出去。

聽到門關上的聲音，管家便坐在椅子上。膝蓋蓋上溫暖的小毛毯，悠哉地喝著自己的茶。

「這樣好嗎？」

漢密斯突然問道，然後繼續說：

「我根本就沒聽到什麼引擎聲啊！」

「沒錯，但是有他在的話，我就無法安心跟妳們說話。這樣他應該暫時不會回來。」

奇諾轉頭看著管家。

「我很滿足目前的生活。我的父母及兩個兄弟，已經平安逃到鄰國過著幸福的日子。而我也能在心愛的那個人身邊生活。」

奇諾慢慢地詢問微笑著說話的管家。

「……妳是這國家之前的公主殿下是嗎？」

身穿圍裙的女子輕輕點頭承認。

「原來如此，這的確很好。麻煩妳繼續說下去。」

漢密斯說道。奇諾盯著女子的眼睛看。女子拿起茶杯喝茶，又放回去。然後開口說：

「過去我身為這國家的公主，直到五年前還是。後來根據混在民眾裡的間諜傳來的情報，得知革命即將爆發，於是我跟那個人接觸。當然，這是為了取得值得信賴的情報給我父王。也是為了能在事前得知革命發動的日期，好讓我們帶著財產逃往鄰國。」

「…………」「嗯嗯。」

「不過我不知不覺對那個愛上我農家女身分的人有好感，最後還愛上他。除了得隱瞞我的身分，其餘我不需要刻意做任何掩飾來過日子。只要時間允許，我們就一直在一起。雖然只是一天之內極為短暫的時間，但是那段時間卻是非常非常美好。我甚至還祈求那一天跟那種生活永遠不要結束。」

女子微笑著，然後又回到剛才冷靜的表情。

「但是它終究結束了。那個人還告訴我決定性的情報。」

「他沒有告訴妳理由就提分手，所以妳馬上就知道即將發生革命。」

奇諾像是確認地說道。

「是的——我便告訴父王這件事。我並沒有反對也沒有決定要留下，就跟著家人一起離開這個國家。至於留下來的替身也確實完成任務，一切都按照計劃進行。我也決定要忘記那個人。心想這輩子再也不會跟他見面了。」

「可是，妳還是回來了。」

女子點點頭。

「我在鄰國從間諜的口中得到許多情報。我曾衷心祈禱那個人不要戰死，它也實現了。但是那個人卻因為殺了「我」而生病。而且他也需要有人照顧……我煩惱了許久之後，終於得出結論。」

「原來如此啊～」

漢密斯說道，女子突然想起什麼似地笑了起來。

「不過這中間我也吃了不少苦喲！像是要說服我父母，還有假扮成旅行者等等……還有進了這國家之後，得設法讓政府雇用我當管家。直到現在，我父母還說隨時歡迎我回去呢！」

女子很開心的說著，奇諾問道：

「你們重逢的時候，那男人怎麼說？」

「他是這麼對我說的：『這樣，那她回來以前就有勞妳幫忙了。』——我真的很開心。」

「是嗎？」

漢密斯問道。

「是的。」

女子立刻點點頭。

「我到現在還愛著他，他也一直在等我，而現在我又能待在他身邊。從我認識他的時候就一直對他說謊，想必以後我也會持續著這個謊言，同時待在心愛的人身邊生活下去。但是我——覺得很幸福。」

「……謝謝妳跟我們講這些事。」

「嗯，謝謝。」

奇諾跟漢密斯說道。這時候開門的聲音響起，是男人回來了。管家站起來迎接冷得發抖的男子。

「妳聽錯了啦，守城門的士兵說他們只是起動發電機而已……根本就沒有人來……」

「原來是這樣啊！」

管家拉開椅子讓男子坐下，然後在男子發冷的肩膀輕輕披上剛剛放在自己膝蓋上的小毛毯。

「不曉得什麼時候？要到什麼時候她才會回來呢……」

男子自言自語地說道。

「雖然不曉得是什麼時候，但是她一定會回來的。」

管家說道，男子看著她問：

「我真的好害怕，怕她該不會把我給忘了？」

準備再幫他倒茶的管家停下手，慢慢把頭別到一邊。她露出微笑，然後用這個國家的人一貫的回答方式說：

「不會的，她不會忘記你的，——絕對不會。」

奇諾跟漢密斯在兩人的目送下通過城門。

「她們走了，不曉得會不會幫我帶口信給她？」

男人如此問道，管家露出開朗的表情告訴他「一定沒問題的」。

正當準備進屋裡的時候，男子突然大叫。

「有引擎聲！又有人來了！」

然後就往城門跑去。

「那一定是漢密斯的——」

管家沒再說下去。她也沒追男子就先行回屋裡去。

她收拾著桌上的茶杯，一個人開心地喃喃自語：

「好了，中午要煮什麼好呢？」

「奇諾，等一下。妳看後面。」

在離開城門不遠處的國境外。

當奇諾暖好引擎，正準備跨上車出發時，漢密斯如此說道。奇諾一回頭，看到男人從不遠處的城門跑過來。守城門的士兵想阻止他，不過他拼命說了些什麼之後，士兵們才死心地放開他。

穿著外套的男人盡全力跑到奇諾所在的位置。

「旅行者！請等一下！我有話想跟妳說！」

男人大叫，然後低著頭調整紊亂的氣息。

「我有話……要跟妳們說。」

男人依舊低著頭說話。

「是幫忙帶口信給你戀人嗎？」

奇諾問道，男人抬起頭來說：

「不是的，是我想跟妳們說的話。我希望妳們在最後能再知道一件事。」

奇諾抬頭看著挺起身子的男人，他露出炯炯有神的表情。

「我很滿足目前的生活，我覺得很幸福，我再也不想破壞任何事物。譬如曾是皇室間諜的朋友的生活方式，對一切都不知情又善良的人們的好意，革命的成功及新國家的體制。以及，跟不只是利用我的戀人的生活——現在我什麼都不想破壞，繼續保持下去就夠了。」

「…………。你……」

奇諾欲言又止，

「說謊對吧？這國家的人都在說謊。」

漢密斯說道。

背對著城門的男人開心地微笑著，他輕輕地點了好幾次頭。

「再見，我要回去了。」

男人說道。

「再見，兩位保重囉。」

「對了英雄先生，請替我向那位管家問好。」

男人轉身背對著奇諾與漢密斯回自己的國家，跟著滿臉擔心的士兵們一起穿過了城門。

奇諾目送到不見人影之後便說：

「我們走吧！」

「說的也是。」

漢密斯答道。

尾聲

『活著的目標・a』

—life goes on. · a—

尾聲「活著的目標・a」

—life goes on.・a—

這裡有座森林跟道路。

森林位於一望無際平坦的大地，而且綿延到看不見盡頭。這是由多種樹木雜生的繁茂森林。

道路就在森林裡，它把森林一分為二地筆直延伸。在濃淡夾雜的綠意裡，只見一條棕色的線。那是條泥土路，寬度大約車輛或馬車能夠勉強交會而已。

然而就在那森林裡的道路旁邊，有一處田地跟屋舍。

沿著道路一側是狹長的田地。那裡呈直線，還被高大的樹木圍成方形。那裡一半是土地，另一半是在田壟種植菠菜。而狹長的田地前方有一棟小木屋。

木屋有一道左右可開的玄關，四周都是大型窗戶。玄關前面與正後方的窗戶旁邊是用厚木板釘出來的涼臺。木屋隔壁有個小馬廄，但現在裡面一匹馬也沒有。

此時木屋有一扇窗很用力地打開。

接著旁邊的窗戶也是。不久全部的窗戶都打開了，每一扇都從裡面伸出支架撐住。最後玄關打開，從裡面走出一名少女。

那名少女年約十來歲，身材有點高，及肩的黑髮紮成一個馬尾。她穿著繫鞋帶的靴子跟淡棕色的長褲，可能是褲管太長的關係，還往上折了好幾折。上半身除了白色襯衫，外頭還罩了一件綠色的綿質夾克。

少女腋下夾著一床被單，她把它掛在玄關旁涼臺的繩子上，然後用木製衣夾把兩端固定，掛在那兒晾乾的被單隨著微風輕輕擺動。

接著少女雙手舉高，大大地伸展身子。多了房子跟田地的關係，所以森林佔地變少了，但也因此能夠看到更廣闊的藍天。樹枝頭上方的晨空，是一片萬里無雲，而剛從地平線露臉的光團，透過枝幹的縫隙變得細小的光點。附近群鳥婉轉鳴叫，令人彷彿置身其中。

「嗯，今天天氣不錯。」

少女滿臉笑容地說道。

她再次走進屋裡，這次推了一輛摩托車出來。車子後輪上方是載貨架，兩旁裝了黑色的箱子。

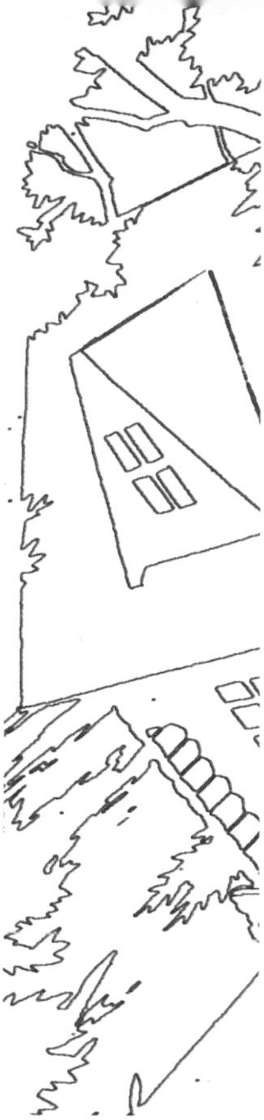

「活著的目標・a」
—life goes on.・a—

少女把摩托車推到涼臺。玄關的寬度剛好只能勉強讓一輛摩托車跟一個人通過，中間她還一度往前倒，急急忙忙煞住以保持平衡。

「糟糕……」

少女在涼臺把車用腳架撐住，「呼～」地鬆了口氣。

「起來了——！天亮囉——！」

她兩手握拳對著摩托車的座椅「啪啪啪啪」地邊搥邊大聲喊叫。過了好一會兒，終於……

「啊？喔喔……好好好。——天亮了是嗎？嗯。」

摩托車說道。

少女停止動作，摩托車對著她開始抱怨。

「真希望妳能夠用禮貌一點的方式叫我起床。哪有人每次都用搥的——」

「天氣好好哦！」

「妳有沒有在聽啊？」

「有啦！誰叫你不管怎麼大聲叫都叫不醒。」

少女開心地回答。然後，對著摩托車打招呼：

「早安，漢密斯。」

名喚漢密斯的摩托車則對少女說：

「早安，奇諾。」

名喚奇諾的少女輕輕點頭。然後長髮飄逸地回頭看著玄關，從那兒走出一名老婆婆。少女笑著對她說：

「早安，ㄗ ㄈㄨˋ。」

「早，今天天氣不錯呢！」

腋下夾著被單的老婆婆抬頭看看天空，用沉穩的語氣重覆少女剛才說的話。

老婆婆有著纖細但挺直的身子，銀髮則梳到後面成繫成一個髮髻。她穿著款式修長的長褲及白襯衫，然後再罩上一件淺綠色的小外套。至於她背後腰帶的位置，繫著一個類似小包包的皮製東西，正好勾住小外套的衣襬。

不過那並不是什麼包包，而是加了上蓋的槍袋。還露出方便右手隨時拔槍的大口徑小型掌中說服者的槍托。那是一把短槍管的左輪手槍。

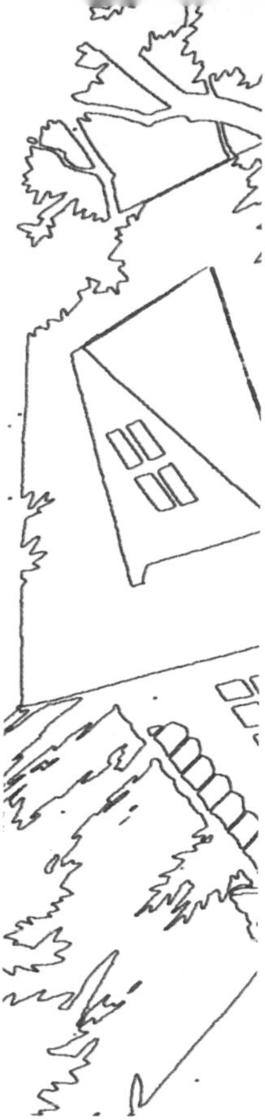

曬著被單的老婆婆開口問少女。

「今天天氣不錯，那妳計劃做什麼事？」

「去森林砍一棵樹。今天彈藥商下午會來，得在那之前把東西準備齊全。再來就沒什麼特別的事要做。」

少女回答，老婆婆滿意地點頭說：

「這樣子。——那麼等中午過後再砍樹吧。在那之前，妳就在吃完飯後做射擊練習怎麼樣？」

少女說「知道了」，然後問：

「需不需要再讓我來做早餐？」

聽到她這麼說，老婆婆露出笑容。但是仔細一看，她的笑容有些僵硬。

「不用了，我自己來。——那可是我每天的樂趣呢！」

「ㄕ ㄈㄨˋ真的很喜歡做飯呢！」

少女開心地說道。

從小木屋的玄關一進去就是客廳。中央擺著用原木橫砍而成的小桌子，以及三張椅子。屋子的角落鋪著磚塊，磚塊上方是鋼鐵製的木柴爐。旁邊的煙囪則往屋外延伸。

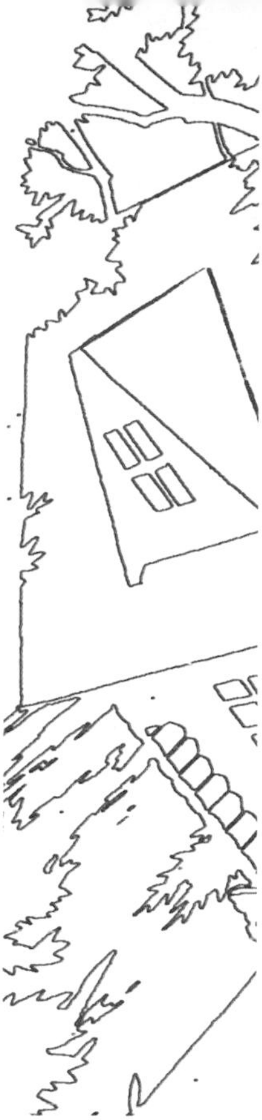

少女很快地把柴火放進木柴爐，再拿火柴點燃當火種用的碎木屑。等到火完全燃燒，她才關上木柴爐原來開著的小門。

當她一回頭，就看到眼前有一件大衣。

它就掛在玄關旁的客廳牆上，彷彿只要想出門就能隨時穿上它。那是一件棕色的長大衣。

「…………」

少女沉默地看著它一陣子。

然後就走出玄關，呼喚還在外面的老婆婆。

玄關涼臺擺了一張桌面略寬且桌腳可摺疊的小木桌。

在森林樹木上方直射的陽光照耀下，桌上的一挺掌中說服者發出黝黑的光芒。那是大口徑的左輪手槍。槍身雖細，但槍管很長。

旁邊排放著隨便塞入子彈的紙箱、裝有綠色液體火藥的小瓶子，以及裝了其他小東西跟清潔用具的木箱。

隔著道路的正對面，在樹跟樹的中間有一片厚木板，橫擺在略高的位置。木板上面有一個用牢固的繩索綁住的生　小平底鍋，垂在正下方。

少女走向桌子前方拿起左輪手槍。它感覺有些重，但她還是緊握著它，並拿起來從旁邊確定裡面沒有裝子彈。之後她扳起擊鐵，然後扣下扳機讓它彈回去。她重覆好幾次這樣的動作來確認手槍的性能。

「我要裝子彈了。」

少女說道。老婆婆從後面回答「妳裝吧」。漢密斯則用腳架撐起來停在老婆婆後面，再後面是兩條輕輕飄動的被單。

少女用大姆指把擊鐵扳到一半，然後改用左手握住槍身。再從轉盤前方……也就是手槍旋轉處的洞裡用類似針筒的東西注入綠色的液體火藥。她用左手姆指卡嚓卡嚓地轉動轉盤，讓六個孔都裝上火藥。此時老婆婆從後面淡淡地說：

「裝越多火藥，威力當然就越強。但是其反作用力也就越劇烈。現在大概裝那麼多就夠了。等妳使用得更熟練，再慢慢增加就行了。只是說，火藥不能太少，至少要避免子彈塞在槍管的情況。萬一塞住的時候，絕對不能開第二槍。這是妳平常就得注意的事情。」

少女回答「我知道了」，接下來往洞裡塞進碎毛氈，再把四四口徑的子彈放進去。她把位於槍管下方的某個桿子往自己的方向折，此時連鎖桿把子彈往裡面壓。然後重覆相同的動作把六枚子彈全壓進去。最後她把指頭伸進潤滑劑，然後塗滿轉盤的孔。當她用破布把指頭擦拭乾淨之後，再把一個個小雷管從轉盤的後面，也就是擊鐵撞擊部位塞進去。屆時火會點燃火藥把子彈擊出。

花了這麼多時間，六枚子彈終於可以射擊了。

少女一度輕輕把左輪手槍槍管朝外地放在桌上。

「我準備好了，路上並沒有人。可以開槍了嗎？」

少女沒有回頭地詢問背後的老婆婆。

「妳又忘了喲！」

老婆婆從口袋拿出兩塊小棉花走近少女，然後塞進少女的兩隻耳朵。

「喔～對不起。謝謝 ㄕ ㄈㄨˋ。」

少女的臉還是朝著前面，然後靦腆地笑著。等老婆婆也幫自己塞上耳塞之後，

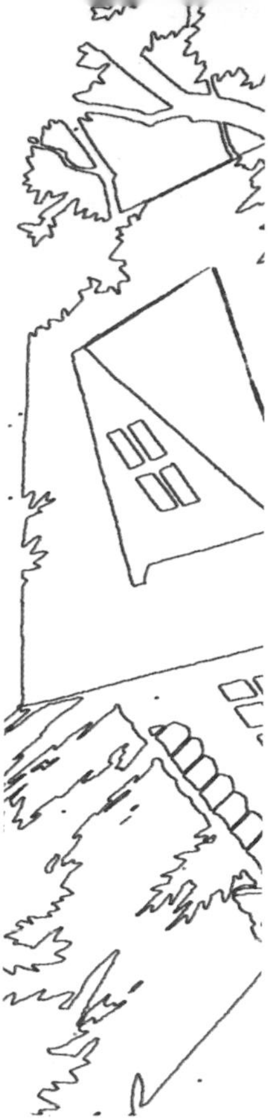

「活著的目標・a」
—life goes on.・a—

「好了，開槍吧！」

少女慢慢舉起左輪手槍，將右手食指伸得直直的。接著左手搭在右手上，雙臂伸直。她把右手筆直往前伸，左手稍稍把腋下夾緊。然後右腳略往前踏出，讓身體呈斜站著的姿勢，然後臉朝正前方。

左輪手槍穩穩地瞄準平底鍋。這時候左手的大姆指扳開擊鐵。轉盤又迴轉一些，槍管與上面的洞穴排成一直線。接著右手食指扣下扳機。

砰！

就在沉重的槍聲響起的同時，白煙也整個散開，左輪手槍與少女的雙手往上彈。剎那間火花噴出，平底鍋開始猛烈迴轉。繩索一面扭動，一面往左邊迴轉。

槍聲再次響起。迴轉的平底鍋突然停了下來。原來是第二發命中第一發的另一側，所以把迴轉的力道抵銷了。

第三發則命中平底鍋的中央，使得它往後擺。當平底鍋像搖籃前後甩的時候，第四發又強制停住它的動作。第五發又把它往後推得前後甩，就再它再次往後方甩的途中，第六發再次命中。

平底鍋快速往後擺，還一百八十度旋轉。它落在木板上又撞擊之後再往前掉。

為了讓轉了一圈平底鍋的繩索恢復原狀，少女只得挺直身子用雙手把它向上拋，但鍋子又掉下來。她一直嘗試著。

少女抬頭看著這只完全不聽她使喚的平底鍋，

「唔！」

然後皺起眉頭。

她一再挑戰，卻一再失敗。

坐在涼臺上的老婆婆抱著胳臂看著這副景象。這時候漢密斯從後面對她說話。

「怎麼樣？」

老婆婆回了一下頭，然後又面向前方說：

「還是一樣呢。」

「是嗎？」

「是的。那孩子的說服者射擊方式，從她剛接觸的時候就一直沒變——」

老婆婆一度把話打住。隨後又嘆了口氣說：

「她真是個天才。這世上果真有人天生射擊能力過人。而且那跟性別或年齡都沒有關係。算是一種天賦。不是很喜歡說服者的人，射擊能力反而比愛死說服者的人還要高竿，這實在是相當諷刺的事。」

少女邊跳邊推著平底鍋，鍋子終於向上繞了一圈撞到木板又掉下來。為了避免被凹凸不平的鐵板打到，少女連忙往後退。

「反正她都稱呼妳『師父』，有個表現優異的弟子應該比較好吧？」

漢密斯問道。

「是啊，一點也沒錯。指導她的確有價值。如果再多教她一些，想必她的槍法就會進步神速呢。」

「要是她騎摩托車的技術是那樣就好了。」

「那就要看你囉，讓她多練習練習。不過——」

「不過什麼？」

老婆婆背對著摩托車說：

「就是所謂的『就算開車技術再好。也無法保證能贏得比賽』吧。從長遠的觀點來看，那一點很讓人擔心。」

漢密斯沉默了一會兒，然後問：

「妳的意思是『就算說服者的槍法再好，也未必能在互相殘殺中生存下來』嗎？」

老婆婆回頭。

「你的觀察力真不錯，想不想也來學習開槍的方法？在你車燈旁邊或排氣管裝上機關砲怎麼樣？」

「不必了。」

漢密斯說道。老婆婆往前走，並且語氣平淡地說：

「正如同要在安全的國家生活，跟人家協調的時候，該妥協就不能猶豫。因此如果想在危險的世界活下來，該對人開槍的時候就不能有所猶豫。」

「那句話，妳有跟她本人說過嗎？」

「沒有，就算說了也沒有人能真正理解。反而在平時，甚至到了緊要關頭都會煩惱那究竟是什麼

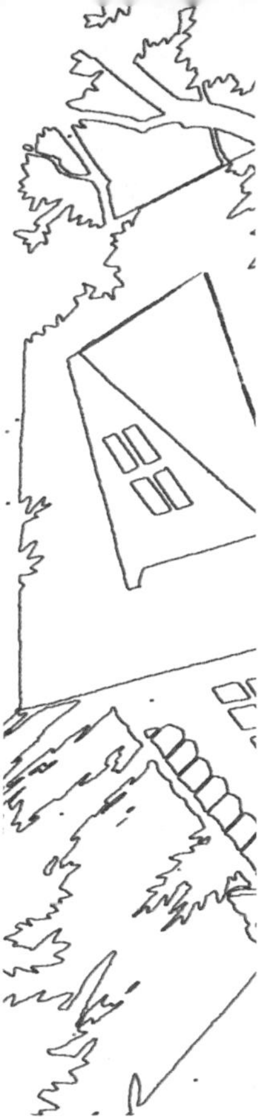

意思。——這其中的道理只有當事人才知道。」

當老婆婆話剛說完，少女小跑步地跑回涼臺。

「ㄕ ㄈㄨˋ，我可以再練一次嗎？」

她如此問道，老婆婆笑著點頭答應。

「唯有這個是我無法教她的。」

老婆婆說道。

這個時候日正當中，空氣也變得溫暖。漢密斯以引擎發動的狀態，在森林一面發出排氣管的聲音一面停在房子前面。少女正站在它旁邊。身上的夾克是材質略厚的棕色皮革，然後戴著皮革製的騎馬用安全帽，再戴上小型的防風眼鏡。雙手不僅戴好手套，還在厚毛呢褲的兩個膝蓋纏上舊繃帶。

「以前妳就會騎，現在是怎麼了？是因為沒自信嗎？」

老婆婆說道。

「ㄕ ㄈㄨˋ以前旅行的時候是怎麼樣呢？」

少女問道。然後繼續笑著說：

「一定比現在還要溫柔吧？」

此時出現暫時只聽得見引擎聲的寂靜。還搭配著藍天與綠色的森林。

然後，

「或許吧。」

老婆婆一臉鄭重其事地說道。

少女輕輕催著漢密斯的油門。

「可以了嗎，漢密斯？」

漢密斯回答：

「已經萬事ＯＫ了。那麼剛開始先慢慢騎，今天我們一個階段一個階段來，練習高速前進，再來是緊急煞車吧！」

「知道了。」

少女跨上漢密斯，左腳把側腳架踢上來。

然後，

「那麼，出發！」

少女照漢密斯說的，剛開始慢慢騎在泥土道路上。

老婆婆則在旁邊看她們練習的情景。此時映入她眼簾的，是上了道路的漢密斯的引擎聲突然急遽變大。

「哇！太快了啦！」

剎時只聽見漢密斯的慘叫聲，隨後便消失在它後輪捲起的塵土中。

老婆婆把躺椅拿到涼臺，悠哉地坐下眺望天空。這時候漢密斯跟少女伴隨著引擎聲回來了。少女的夾克沒有沾到任何泥土。

回來的漢密斯在屋子前面突然緊急剎車，最後在停車的時候，後輪還因為鎖死而打滑呢。這時候塵土又飛揚，風也吹起。

「要再來一次嗎？」

少女問道，漢密斯立刻回答「不，我受夠了」。少女說：

「是嗎？那今天辛苦你了。」

說完就關掉漢密斯的引擎。四周一下子恢復寂靜。
少女從道路推著漢密斯往屋裡走去。然後把它停在涼臺前面用腳架撐住。
「下次再幫你洗乾淨。」
少女說道，漢密斯用疲憊的聲音說「謝啦」。
老婆婆叫少女把衣服換下來，少女精神抖擻地回答後就進去屋裡。
「怎麼樣？——她值得教嗎？」
老婆婆詢問漢密斯，他回答：
「拜託改變她啦！」
「不要。」
此時涼臺有風吹起，只見兩條被單飄呀飄的。
「呃，這樣的話……前進跟停止妳都變熟練了，大概啦。那這次來練習放倒跟抬起吧！」

漢密斯說道。少女脫下皮夾克，改穿綠色的棉夾克。換句話說，除了手套以外，她穿著跟早上一樣的服裝。此時日正當中，漢密斯的油箱還反射著陽光。

少女說「知道了」。

「那我該怎麼做呢？」

「首先我們往前移動一點，到右邊那塊土地。」

漢密斯如此指示。少女從漢密斯的左側握住把手將它推到田地旁邊。那裡的土壤比道路軟，但還不至於讓輪胎深陷其中。也不用擔心車身跟人會撞上涼臺。

「嗯，這裡可以。——聽清楚了，無論在什麼時間或地點，如果無法獨自將車身抬起，就不能騎摩托車。這本來就要在騎乘以前練習好的。所以我們現在來這裡練習。妳得學會不管從右邊或左邊都有辦法抬起來。」

「瞭解了，來練習吧！」

「這樣的話，先試著把我放倒。」

「嗯。」

少女答完以後，馬上將手從車把手鬆開。車體隨即「咚」地往右邊倒。

「咦？——哇！等一下！」

受到地心引力的影響，漢密斯「啪」地倒下去。車把手前端整個插進土裡。

「我放倒了喲！」

少女說道。

「妳不會慢慢放啊？」

漢密斯大叫。

少女練了好幾次如何從兩側把漢密斯拉起來。

她慢慢把它放倒，然後拉起來，再撐起腳架。從右邊往左拉起來的時候，必須先用手把左側的腳架扳下來，這樣抬起來的時候就不會又往左邊倒。

「妳進步蠻多的，應該沒問題了。接下來得在斜坡練習。」

漢密斯說道。此時老婆婆從涼臺對輕輕擦汗的少女說：

「煮好了喲！快來吃午飯吧！」

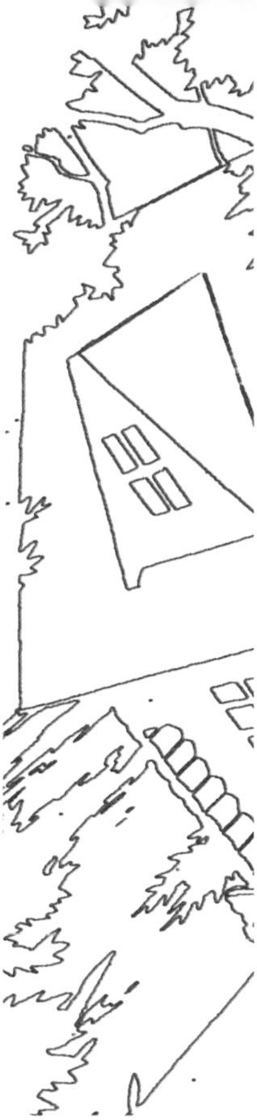

「好～馬上過去！」

少女回頭開心地答道。現在漢密斯左側正倒在地上，他拼命對少女說：

「我想妳不會這樣吧，先把我拉起來再走喔！妳不會把我丟著不管吧？——拜託啦！」

「田地跟森林交界的地方，不是有一棵高聳的樹木嗎？等吃完飯之後，我們去砍倒它，把那些木材拿來用。」

老婆婆說道。老婆婆跟少女面對面地坐在涼臺上的桌前，在藍天下享用午餐。

桌上擺著兩人份的耐酸鋁盤，跟馬克杯及高高的茶壺。被分成中央與上半部的大盤子裡，前方擺的是厚片的烤火腿及藍莓醬，左邊內側是整顆的烤馬鈴薯，右邊是水煮胡蘿蔔。老婆婆右手切著胡蘿蔔，可是那刀子怎麼看都不像是餐刀，倒像是拿來做暗殺或格鬥等其他用途的黑色刀子，但現在已經暗淡無光。她很快地把胡蘿蔔切成小塊，再用左手的銀叉小心送進口裡。

少女拿茶壺往自己的馬克杯倒茶，然後詢問老婆婆。

「那是要我們兩個拉鋸子呢？還是用斧頭砍呢？」

老婆婆輕輕搖頭說：

「都不要。既然那樹木那麼粗又高大，沒那麼容易砍倒的。而且也危險，很難預測它倒的方向。

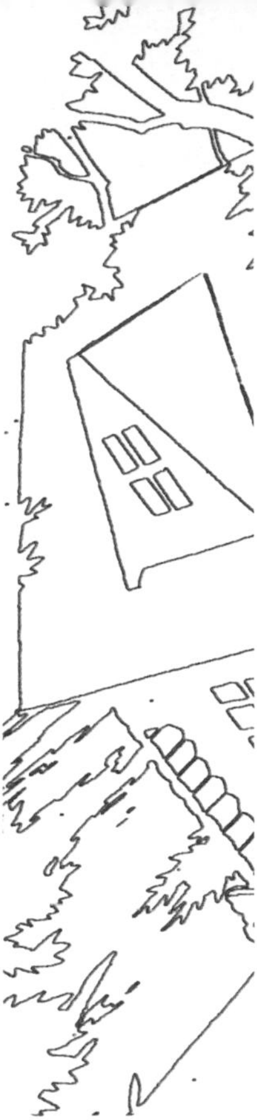

一般遇到這種情況都是用電鋸。」

「那有電鋸嗎？」

少女用叉子叉著切成小塊的火腿，然後問道。

「沒有。」

老婆婆回答。

「？」

表情詫異的少女把火腿送進嘴裡。

噗唔唔唔唔唔唔唔唔唔唔唔唔唔唔唔唔唔唔唔唔唔唔唔唔唔唔唔唔唔唔唔唔唔唔唔唔唔——

森林裡發出轟隆隆的爆裂聲。

那是說服者的槍聲，但因為是接連不斷發出的關係，所以聽起來像是一長串聲音。

從筆直高聳的樹木根部附近，開始不斷有木屑飛舞。彷彿有隻巨大的透明海狸在啃食似的，樹幹從前端一直咯吱咯吱地剜掉。當漫長的爆裂聲停止的時候，只見樹幹出現好大一個被咬掉的痕跡。

涼臺前方，也就是少女剛剛做射擊練習的地面，擺了一個三腳架。那是用綠色粗鐵管組成的大型三腳架。前面的一支腳跟後面的兩支腳，牢牢插在挖好的洞裡。然後上面裝了一挺全自動連發式的說服者。而且穩穩固定住瞄準著樹木。

在三支腳的中間鋪著一塊厚毛氈，上面散落了大量的空彈殼。三腳架旁邊的地面，排放了好幾個鐵製跟木製的箱子，還插了一把剛才用來挖洞的鏟子。

塞著耳塞的老婆婆蹲在三腳架後方。她一面在說服者旁邊窺視上面的狙擊鏡，一面用三腳架後面的轉盤跟拉桿細細調整說服者的準星。

然後又是一連串的槍聲。有如暴雨般的子彈穿過田地上方，這次是把咬痕的反側剜掉。木屑也再次大肆飛舞。

噗唔唔唔唔唔唔唔唔唔唔唔！噗唔唔唔唔唔唔唔唔唔！噗噗！

就在最後的聲響停止的同時，樹木開始往最初較大的咬痕那一方傾斜。剩下較細的樹幹慢慢扭曲，然後斷掉。長長的樹木便一面散著樹葉一面緩緩倒下。

整棵樹撞擊地面，剎時發出低沉的聲響，撼動這一帶的地面，最後還彈了一下。然後它剛好就橫躺在田地與森林的交界處，漂亮地跟田地平行。

「……」

在涼臺上的少女，雙手捂住耳朵，瞪大眼睛看著眼前的景象。而漢密斯則是用腳架撐住停在她身後。

此時原本在涼臺飄動的被單已經被收進去，只剩下一條小毛巾。旁邊是兩個剛剛用過的盤子，小鐵勾勾住角落的洞，將盤子吊起來晾乾。中午過後，天空出現些許純白的雲，緩緩地飄動著。

「好了！」

老婆婆小聲地喃喃自語。三腳架上還是高溫的全自動連發式說服者，正徐徐冒著白煙。而整整十秒擊出的兩百發以上的空彈殼，則嘩啦嘩啦像個沙堆似地堆滿三腳架下方。

「好，結束了。」

老婆婆邊拿起耳塞邊說道。少女開心地說「好壯觀哦」。

而漢密斯則看著那兩個人小聲地說：

「真是太亂來了。——不過總比把摩托車的引擎改成鏈條要來得好！」

「ㄕㄈㄨˋ，那棵樹要怎麼處理？」

少女看著橫躺在地且枝葉還附在上面的樹木說道。

「別管它，暫時放著吧。」

少女訝異地看著老婆婆說：

「要放著不管？」

「沒錯。這樣樹葉就會透過枝幹把樹木的水份吸乾。只要花點時間讓它慢慢充分乾燥，就會變成上好的木材喲！」

「這樣啊——」

少女看著樹木說道，老婆婆笑著說：

「所以不能再對它射擊了喲！」

等冷卻之後，老婆婆才用鏟子把大量的空彈殼鏟進木箱。少女則把彈得較遠的全部撿回來放進箱子裡。

最後老婆婆將三腳架和說服者蓋上防水布。為了裝剩餘的子彈，還回屋裡拿鐵製彈藥箱過來。

少女則爬上涼臺。

「結束了喲——」

「辛苦了。」

少女對如此說的漢密斯說道：

「其實我根本就沒出什麼力。」

同時慢慢走近他，然後抬頭看了一下天空。

微風吹過，吹動少女的髮絲。

「…………」

在渾圓的雲層增多的前方，是一望無際的蔚藍晴空。雲靜靜地流動，反而產生是自己在移動的錯覺。

「奇諾？——奇諾。」

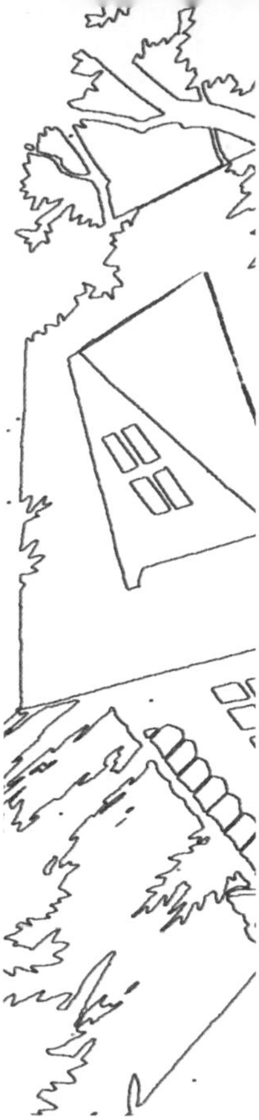

老婆婆從玄關叫著少女。

可是少女一直抬頭望天空。

「在叫妳喲！」

漢密斯稍微大聲說道。少女嚇了一跳並把視線移回來。

「咦？叫我？」

「沒錯，奇諾。」

走到她面前的老婆婆用溫柔的語氣說道。

「啊，呃——對喔……對不起，我到現在還沒習慣那是在叫我。」

少女顯得有些靦腆，但是露出有些痛苦的笑容說：

「——而且一想到『奇諾』的事，我就……」

臉逐漸往下低的少女收起了笑容，最後一直盯著涼臺地板跟老婆婆的腳看。

老婆婆把手輕輕放在少女的肩上，對著驚訝抬起頭的少女說：

「遲早妳會習慣的。——我很喜歡『奇諾』這個名字喲！既簡短又好叫，也很好聽呢！」

「我也那麼認為！」

少女開心地說道。然後老婆婆說：

「對現在的我來說，妳就是奇諾喲。——妳就是奇諾。」

「我是，奇諾……」

少女喃喃地覆誦。然後，

「可是！可是ㄕ ㄈㄨˋ……」

「我總覺得『我就是奇諾』比『我是奇諾』還要好。妳不覺得那樣比較適合嗎？可能是我第一次聽到的時候是那樣，才會有那種想法。我是認為那樣給人發呆的感覺。」

漢密斯從兩人旁邊插嘴問：

「……應該是『適合』吧？」

「對，那是那個！」

奇諾立刻回答。

老婆婆語氣緩慢地說：

「那應該也是靠習慣吧？因為總不能馬上就全部改變，一切慢慢來吧。這跟我們等待那棵樹乾燥

的道理一樣。甚至冬天到了，春天來臨——反正考慮的時間還多得是呢！」

「對了，我覺得『ㄕㄈㄨˋ』這名字很奇妙耶！其中是否隱藏了什麼意義啊？」

少女問道，拿起曬在外面的毛巾的老婆婆，滿臉詫異地回頭。

「啊？」

「我是說『ㄕㄈㄨˋ』的意思。我一直覺得這名字很罕見。啊，不過在國外可能很平常，一點也不奇怪吧？」

「…………」「…………」

老婆婆跟漢密斯沉默了好一會兒，此時正好有涼風從兩個人跟一輛摩托車之間吹過。

老婆婆把手上的毛巾仔細摺好之後說：

「奇諾……妳過來桌子這邊坐，我要告訴妳一些事……」

「啊？——好的。」

然後兩個人便消失在屋裡。

在涼臺的漢密斯聽見好一陣子嘰嘰喳喳的講話聲，不久……

「咦——！」

傳來少女清晰的驚叫聲。

「妳的名字不是『ㄕ ㄈㄨˋ』？」

「傷腦筋。」

漢密斯說道。

立在小屋前的涼臺的漢密斯，聽見微微的風聲以及從剛才兩人從屋內傳出來的聲音。

「那我們來喝下午茶吧？」

「好的，我來泡茶。我會照妳教的那麼做——師父。」

「知道了，那就交給妳了。」

火燒了好一陣子，不久發出開水沸騰的聲音。

漢密斯則喃喃自語地說「睡個覺好了」。

「茶泡好了。——請用。」

「好的，謝謝妳。味道好香，妳泡什麼茶葉呢？」

「呃——我不會唸那上面的字，不過罐子是紅色的。我記得上次師父曾泡給我喝過，我覺得很好喝。」

「妳是說蘋果茶是嗎？那我要喝了。」

「請用。」

天空的雲朵變得比剛才還要多，進而以雲層的方式流動。漢密斯自言自語地說「明天可能又是陰天吧」。

老婆婆問：

「那麼明天如果又是好天氣的話，妳打算要做什麼？」

少女立刻回答：

「妳覺得曬床墊怎麼樣？」

正當太陽從頂點漸漸西沉到一半的時候。

少女握緊雙拳對著在涼臺熟睡的漢密斯的座椅「啪啪」地邊敲邊大聲喊叫。

「起來了——！」

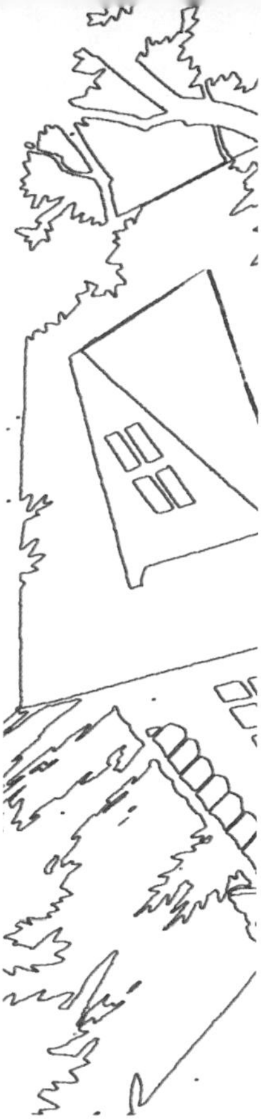

「好好好……早上了是嗎？」

「不是啦，是彈藥商馬上就要來了，我得把你移開。」

少女說著，就把漢密斯往前推讓腳架彈起。然後往前推一下，再輕鬆跨上漢密斯從涼臺滑下來。順著那股衝下來的力道騎在地面，再迴轉一圈，讓漢密斯滑進涼臺跟道路中間的地方。

「不錯哦，可是也沒必要把我叫醒吧？」

少女隨即用腳架把還在說話的漢密斯撐住。

不久，道路前方來了一輛馬車。因為這是一條筆直的路，所以很容易看到從遠處過來的物體。

從屋裡走出來的老婆婆站在路旁遠遠地眺望。

「好像來了。」

「我去準備！」

少女說完，就往房屋旁邊的馬廄跑去。

不久兩匹馬拉的馬車停在涼臺前。馬夫是一名留著鬍子，體格健壯的中年男子。他穿著連身工作服跟皮外套。左右兩側腋下掛著自動式的掌中說服者。馬車的載貨台堆了好幾個木箱，全都用繩索固定住。

老婆婆說：

「你好，抱歉老是讓你這麼辛苦。」

男子下了馬車之後，靜靜地對老婆婆點頭敬禮。

馬車的載貨台跟涼臺之間架了一個斜板。

「嗨咻！」

男子讓木箱慢慢滑下去，然後排在涼臺上。

少女則在馬的前面擺上裝滿乾草的桶子。然後為了在另一個桶子裝水，便提著水桶在屋後的水井不斷忙進忙出。

男子一一把排在涼臺的木箱打開。首先是蓋子沒釘起來的。

「這些是日常供應的蔬菜。至於肉的話，裡面有放不錯的培根，還有雞蛋喲！最好是能夠趁早食用。還有一打歐巴桑們做的果醬。」

然後他用鐵撬撬開蓋子緊緊釘住的木箱，讓她們看裡面的東西。

「這些是火藥跟燃料。我們考慮到天氣會有不好的時候，因此比平常多裝了一些。請確認一下。」

「好的，抱歉老是這麼麻煩你。」

男子看到地面的三腳架。至於說服者早就被拿下來。

「新型的全自動連發式說服者怎麼樣？」

男子語帶期待地詢問老婆婆。

「感覺還不錯。關於它的性能，我無話可說。基於造型的關係，沒有三腳架的話就很難使用，不過也只有這點不方便。你們真的製造出不錯的說服者呢。」

「聽到妳這麼說……我國的技術人員一定很高興。」

男子露出笑容，不過老婆婆接著說：

「我剛剛用它來砍倒那棵樹。」

男子看著倒在地上的樹木。

「…………。呃——這件事我不會跟上頭報告的。」

男子臉色略為不悅地說。老婆婆則說：

「到了這個年紀，要我慢慢計算效果來使用炸藥，實在太麻煩了。」

「……如果有需要勞動的地方，下次歡迎妳隨時找我。我會找人來幫忙的。」

「如果真有需要的時候，我會那麼做的。」

在涼臺上，男子看了一下給馬飼料跟清水的少女。然後詢問老婆婆。

「那個……我也說了好幾次，妳是否有打算搬到國內住呢？大家都很歡迎的。」

「我也說了好幾次，真的很感謝各位的好意。但我沒有那個打算，況且現在我也不是一個人住。」

老婆婆語氣平淡地回答。男子不肯罷休地繼續說：

「這是未來的假設啦……那個女孩怎麼辦？難不成要讓她永遠跟一輛摩托車生活？」

「那要看那孩子怎麼決定，畢竟是她自己的人生。只能靠她自己找出想做的事情。如果她希望這輩子待在這裡生活，就隨她去。」

聽到老婆婆的語氣如此堅定，身材魁梧的男子也只得聳聳肩膀說：

「有什麼需要，歡迎妳隨時找我……」

「我會的，屆時就有勞你了。」

然後男子獨自抬起木箱往屋裡搬。他搬了幾個進去，也搬了幾個出來。將它們堆在馬車上以後，最後跟著老婆婆一起去收三腳架。

「來，請用。」

少女在男子的桌前擺上茶杯。

男子脫下外套坐在客廳的椅子上，老婆婆坐在他正對面。少女則坐在她旁邊放下自己的茶杯，然後坐下來。

「謝謝，這茶好香。請問這是什麼茶?」

男子詢問少女，少女開心地回答「這是你上次帶來的蘋果茶」。然後雙手捧著馬克杯喝茶。男子請舉起茶杯對著老婆婆示意，然後開始喝。

時間慢慢流逝。男子跟老婆婆聊國內的事情，以及下次預定來的時間，並記下要帶什麼東西過來。

「那麼，趁天色還沒暗下來，我要先告辭了。——謝謝兩位請我喝茶。」
男子說著便拿起外套站起來。老婆婆與少女也準備送他出去。
「——啊，這個。」
男子停下腳步。他視線停留在一件謹慎掛好的棕色大衣上。少女也停下腳步。
「前陣子我曾看過有人穿跟這個一模一樣的大衣喲！難怪覺得眼熟。」
「…………」
少女屏住氣息。站在她身邊的老婆婆詢問男子。
「是嗎？後來那個人呢？」
「是的，他已經回去了。他說在他的國家只有這種方便旅行使用又耐穿的大衣，大家都是穿這個外出。還笑著說就算互不認識，只要靠大衣就能分辨出對方是自己的同胞呢。」
男子沒察覺到少女瞪著他看的視線，繼續說話。
「那個人的國家就在附近不遠處。我曾經到那兒做過買賣呢！」
「在哪裡？」
少女突然大叫。
「哇！」

「在哪裡？那個國家在哪裡？」

「…………」

男子滿臉驚訝地望著少女與老婆婆。老婆婆則一句話也沒說。

少女則緊抓著男子不放地問：

「請告訴我！那個國家在哪裡？」

「那麼，妳要去那個國家？」

漢密斯問道。然後在涼臺上的少女很快地幫漢密斯的油箱補給燃料。

「我就是打算要去才會做這些準備啊！」

她兩手拿起燃料罐，把燃料往油箱洞口倒進去。這時候太陽幾乎已經下山，被雲層覆蓋的天空也變得昏暗。

「夠了！快停下來！」

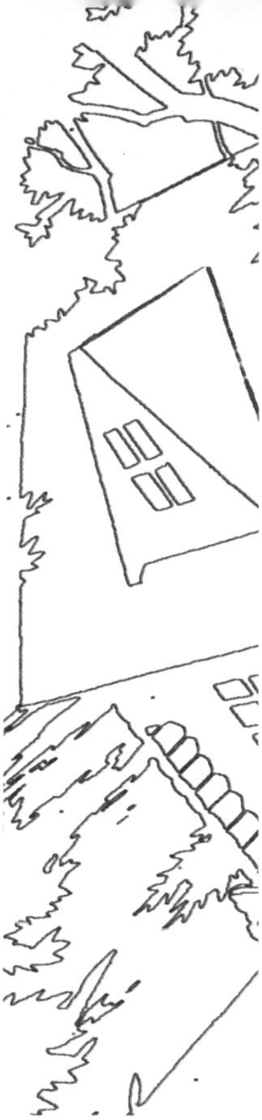

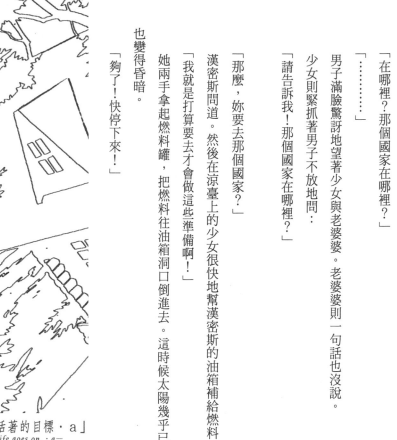

漢密斯大叫。

「……唔！」

少女急急忙忙把燃料罐扶正。她放下罐子，拿起油箱蓋把幾乎滿出來的油箱鎖緊。

漢密斯問：

「妳真的要去？」

稍早前——

「剛剛我講過了，那是鄰國之一喲！」

彈藥商男子回答緊抓著他不放的少女。她緊接著又問：

「那裡可以騎摩托車去嗎？騎摩托車到得了嗎？」

「咦？可以，我是乘馬車去的。如果沒有遇上雨季的話，路況並不會太差……不過——」

「需要花多少時間？」

男子看了老婆婆一下。

「這個嘛……馬車大概是兩天左右。如果是白天出發，到那兒大概是中午。騎摩托車的話，或許只要一天的時間吧。路線就只是森林裡一條平坦的路，照理說不用怕會迷路……不曉得這樣的回答妳是否滿意？」

男子如此問，少女點了好幾次頭說：

「滿意……謝謝你。真的非常謝謝你……」

送走彈藥商的馬車之後，

「這樣啊……我能瞭解妳的心情。」

老婆婆站在馬路上對少女說道。

「……我想那麼做。我……很想做那件事。說什麼都要完成。——可不可以呢？」

老婆婆搖著頭說：

「可以，我不會阻止妳的。畢竟這是妳的人生。只是說，那未必會帶給妳什麼好的結果喲。——

甚至也有可能造成不好的結果。」

說完，老婆婆問少女。

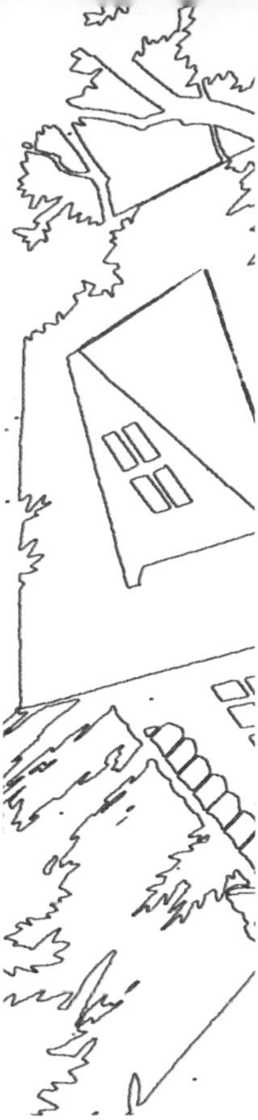

「活著的目標・a」
—life goes on.・a—

「妳真的要去嗎？」

「我要去。」

少女對漢密斯如此回答。

「那麼我來幫妳吧！」

老婆婆說著走出玄關，她叫少女把漢密斯推進屋裡去，停在靠近玄關，離電燈與壁爐有段距離的位置。然後，老婆婆拿著一只皮製的大旅行袋從裡面的房間走出來。

她把旅行袋放在地上打開，從裡面拿出一疊黑色的衣服，那是黑夾克跟黑長褲，都是用堅固耐用的材質做的，其他還有使用在長褲跟夾克上的皮帶，外加附有耳罩跟帽沿的帽子一頂，及比騎馬用的鏡框還要堅固的防風眼鏡一副。

「妳穿上這些裝備出門吧！平時的服裝並不適合旅行。是我之前向彈藥商詢問有沒有什麼適合摩托車用的行頭，再請彈藥商送過來的。」

少女抬起頭。

「師父……」

「其實這些本來是要送給妳當今年的生日禮物。現在妳正好需要——雖然早了一點，但這些是給妳的喲！」

「…………。啊……」

當少女想開口答謝的時候，

「還有這個妳也拿去吧！」

老婆婆邊說著，邊從壁櫥拿出槍袋。那是可以繫在腰帶上的款式，還相當長。裡面放了少女曾練習過的大口徑左輪手槍。

「師父，這個——」

「沒錯。明天在裡面裝好子彈，順便攜帶備份，就掛在腰際帶在身上當以防萬一用吧！況且妳也需要武器防身。」

「可是……」

少女欲言又止，

「可是，這樣好嗎？這不是師父以前用的說服者，妳不是很寶貝嗎？」

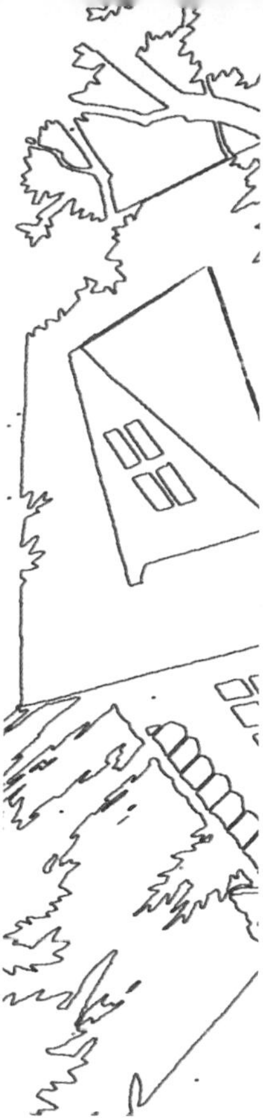

老婆婆笑咪咪地說：

「我的確很寶貝它。正因為如此——妳看。」

老婆婆從旅行袋拿出一只漆黑又雕飾美麗的木箱。她擺在桌上，然後轉動鎖頭的號碼將它打開。

「啊……」

「妳完全不用擔心喲，我只借妳『一把』。」

少女跟老婆婆注視的箱子內部，鋪著軟布並用木板做間隔。裡面放了三把一模一樣的左輪手槍，以及六個預備用的轉盤。

「然後妳還需要裝行李的旅行袋。這只袋子就擺在載貨架吧，這一併借妳。」

少女抬頭望著老婆婆的臉，

「師父……」

「什麼事？」

「謝謝妳，我不曉得該說什麼好……」

老婆婆輕輕將雙手搭在少女的肩上，

「說謝謝還太早喲，畢竟還不曉得事情最後會往哪個方向走。搞不好妳後來會後悔的想：『當初

那個人如果沒幫我，我可能不會遇到這種事』呢。」

「…………」

「或許妳不會那麼認為，反正一切都看妳自己喲，奇諾。不過我應該是不會後悔幫妳的，還有——

——我會祈禱妳一切順利的。」

隔天早上。

天空籠罩著低矮的雲層，也流動得很快。看不見原本該升起的太陽，但是也沒有下雨。漢密斯發動著引擎停在涼臺上。後面的載貨架綁著皮製的旅行袋。上面還擺了一個預備用的燃料罐。

少女就站在旁邊。

她穿著黑夾克跟黑長褲，腰部還繫著粗皮帶，皮帶上有好幾個小包包，右腿有一只收著大口徑左輪手槍的槍袋。

她把長髮綁成一束，然後藏在夾克裡面。她戴上附有帽沿跟耳罩的帽子，而銀框的防風眼鏡則掛在脖子上。

從屋裡走出來的老婆婆對少女說了一些話。

少女用力點了點頭。然後說：

「我走了。」

接著戴起防風眼鏡，跨上漢密斯，把腳架踢起來。她速度緩慢地沿著下坡滑行到路面。

然後改變方向往前進。

摩托車奔馳在森林裡的一條路上。

道路既平坦又硬，從森林開出一道缺口，一直延伸到地平線，彷彿無止盡地往前延伸。抬頭仰望的天空是一整片淡灰色。

「喂，妳騎太快了啦！」

漢密斯說道。

「是嗎？」

騎乘中的少女簡短回答。

「是的。其實妳也用不著急，反正過了中午就會到的。」

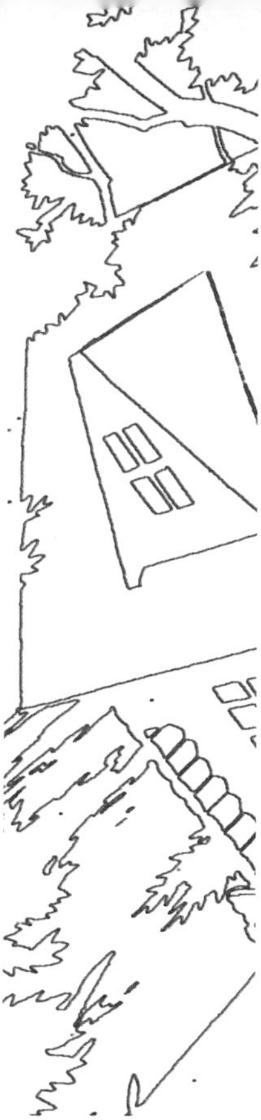

「可是，我覺得還好……」

「現在是還ＯＫ，要是遇到不好的路況就慘了。」

「是嗎……」

「而且這樣騎妳也比較累，稍微降低省燃料模式的速度。否則妳這樣亂搞，屆時到不了目的地怎麼辦？」

「知道了……」

當速度減緩，漢密斯「呼～」地鬆了口氣。然後，

「我說奇諾。」

他叫著騎士的名字，但是她沒回答。

「奇諾。」

「…………」

「妳有沒有在聽我說話啊？」

「咦？——喔，嗯，什麼事？」

漢密斯詢問好不容易聽到它說話的少女。

「我有點想問妳，到了那個國家有什麼打算？我還沒問妳這個重要的問題呢？」

少女沉默好一陣子，森林的樹木不斷往後方流逝。一成不變的景色製造出只有她跟摩托車停止不動，而森林跟地面不斷流動的感覺。

少女慢慢開口說：

「我還是覺得自己並不是『奇諾』……」

「嗯？」

「我覺得自己不是『奇諾』，我無法那麼認為。總覺得『我並不是』。所以我想去……想去『奇諾』的故鄉……」

「去了之後呢？」

「我想尋找並且見見認識『奇諾』的人、及他的家人……」

「見了之後妳想怎樣？」

少女慢慢抬起頭，看著道路上那片灰色的天空。

「道歉。」

漢密斯對將視線轉回道路的少女說：

「用報告的方式不就好了？首先告訴對方發生了什麼事。」

「我要向他們報告，然後道歉……所以才要去那兒……」

「是嗎？——那麼，我改變一下話題。妳不覺得該休息了嗎？這樣一直騎，想必妳的手腳都震到酸了吧？」

「沒關係，我還不累。」

摩托車繼續走在森林裡的道路。

少女完全沒休息地一直騎到中午。

少女把漢密斯停在路旁，開始吃午餐。

她帶的是烤麵包，然後倒上小瓶的蜂蜜，再一口口地安靜吃掉。正當她準備直接喝掉從水壺倒出來的水，

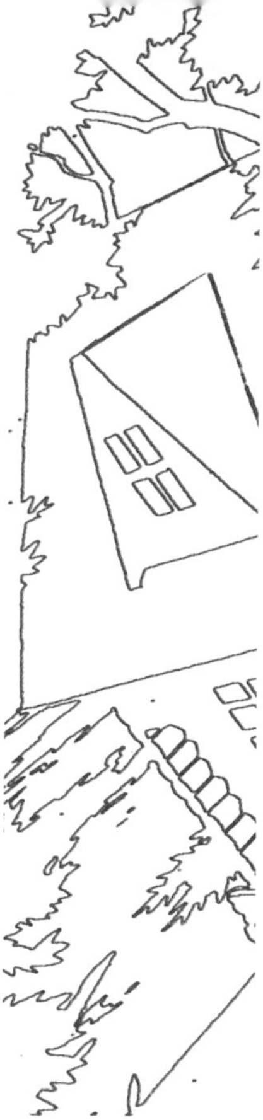

「要盡量避免喝生水，師父不是有交待過嗎？」

聽到漢密斯這麼說，少女便心不甘情不願地點燃固態燃料，用茶杯泡茶飲下。

她幾乎沒說話地收拾一切。然後再次戴上帽子跟防風眼鏡，再次踏上完全沒跟任何人擦身而過的道路。

在少女的防風眼鏡上倒映的森林，從中央往旁邊流逝。而摩托車繼續走在筆直的道路上。

陰沉沉的天空擋住太陽的位置，也奪走時間的感覺。

「妳放心，不用那麼趕也能在下午茶的時間抵達喲！」

漢密斯說道。還說「妳看」，要少女抬頭看西方的天空。透過樹林的縫隙所看到的西方天空，雲朵露出的洞可看到些許的藍天。

「天氣將會變好，這樣就不用擔心會淋雨了。」

少女完全沒回應，只是用右手繼續加油門。

不久摩托車在聳立於森林裡的城門前停下來。

「就是這裡，應該沒錯。」

漢密斯說道，下車的少女則一語不發地挪動防風眼鏡。

那個國家的城牆建得跟森林一樣是綠色的。由於城牆延伸的路線崎嶇不平，看得出來並不是很大的國家。石砌的城牆覆蓋著滿滿的常春藤直到頂端，乍看之下還以為是什麼即將腐朽的遺跡呢。

少女慢慢摘下帽子跟防風眼鏡。把頭髮從夾克拉出來讓它垂在背後。然後抬頭看著眼前高聳的城牆。她什麼話也沒說地佇立著。

突然響起開門的聲音。少女露出驚訝的眼神。

道路前方有座城門，從旁邊的崗哨走出衛兵。是兩名背著舊步槍的衛兵，其中一個的年紀大概在中年至五十出頭之間。另一個是年約二十歲的年輕男子。

「那個……請問妳是旅行者嗎？想要入境我國嗎？」

「……………」

漢密斯代替少女說：

「是的。」

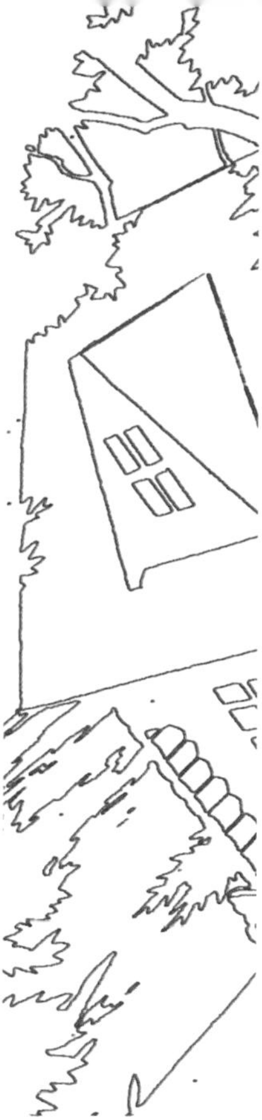

「……那、那個……呃……」

衛兵露出不可思議的表情，看著拼命想說話的少女。

「呃……這裡是……那個……」

後來少女撲向載貨架上的旅行袋。當著訝異看著她這個舉動的衛兵面前，把旅行袋拿下來，然後打開它，並拿出放在裡面摺得好好的棕色大衣，

「我想……這可能是這國家的某人的……」

她拿給衛兵看。

衛兵驚訝地接下來。

「我可以看看嗎？」

少女點點頭。年紀較大的那名衛兵把它打開，

「這的確是我國的大衣。我想想看……」

然後他看看大衣內袋，

「啊啊，果然有居民號碼。四八四〇二之一五八五五，這是誰啊？——喂，麻煩找戶籍冊核對一下。」

年輕士兵一面覆誦號碼，一面走進城牆旁的崗哨。過沒多久手上就拿著厚厚的戶籍冊。

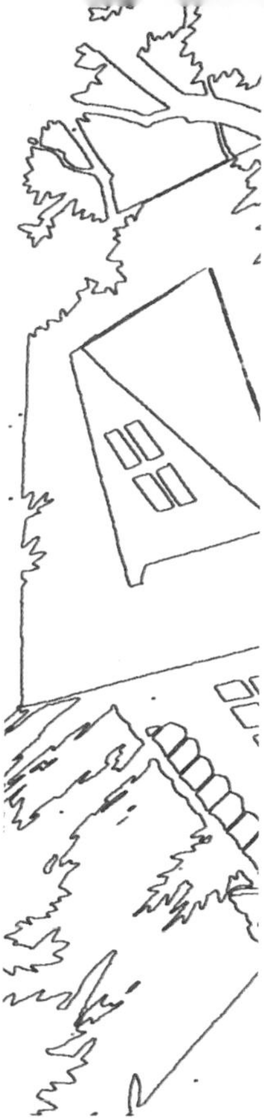

「『四八四〇二之一五八五五』……的確沒錯，有這個人。他是四年前從這個城門出境的。名字是——」

「奇諾！」

少女大叫。一名衛兵被她的大聲喊叫嚇到，另一名則是被那個名字嚇到。

「一點也沒錯……那名出境居民的名字是叫『奇諾』。」

衛兵盯著看少女，接著年紀較長的那位則盡量不讓語氣過於嚴肅，緩緩地問說：

「如果可以的話，是否能夠說說妳是在哪兒得到這件大衣的？」

少女並沒有回答這個問題，她只說：

「這個人有家人嗎？——有的話請讓我見見他們好嗎？拜託你們！」

「…………」「…………」

這時候兩名衛兵並不是對少女的話感到訝異，而是被她流的眼淚嚇到。

在城門內側不是很大的廣場上，聚集了大約幾十名的居民。一群剛結束農務與工作回來的人們交頭接耳，七嘴八舌地談論他們不曉得從哪兒聽來有關這名來訪的旅行者的傳聞。

「這些人真是閒著沒事幹。」

年紀較長的衛兵從崗哨看到那副景象嚇了一跳。少女依舊表情僵硬地坐在椅子上，摩托車則停在她旁邊。衛兵對少女說：

「我們已經幫妳聯絡了，他家人似乎馬上就過來。不過，可否請妳至少告訴叔叔究竟發生了什麼事呢？」

少女輕輕地搖頭。

下午過了一半，雲層跟天空的比率慢慢呈逆轉的狀況。從雲層縫隙露出的藍天越來越多。

這時候，有輛卡車來到廣場。是後面附有載貨台的農耕用卡車，從上面下來了一名中年婦女跟老人。他們穿過人群走進崗哨。

中年婦女語氣輕鬆地對急急忙忙站起來的少女說：

「我們不是『奇諾』的家人，我們是受託來帶妳離開的。」

「請問是受誰之託？」

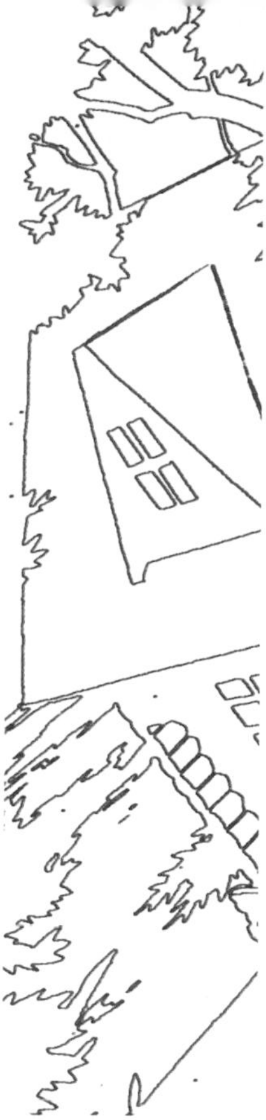

「『奇諾』唯一的血親——也就是他媽媽。妳願意跟我們去嗎？」

少女點頭答應。衛兵詢問老人「這樣好嗎？」。

「放心，又不會把她給吃了。」

老人如此答道，然後又對衛兵說：

「所以希望你們能允許這孩子入境，她是我國國民正式招待的客人喲！」

漢密斯被抬上小卡車的載貨台，然後用繩索固定住。

「傷腦筋，不曉得會有什麼事呢？」

他事不關己地喃喃自語。

卡車行駛在田間的泥土路上。

少女把摺好的大衣擺在膝上，一語不發地坐在副駕駛座。

不久卡車停在蓋滿房子的馬路旁。房子都是用木頭蓋的木屋，為了不讓房屋過於密集，因此每一棟的中間都隔著路樹。

車上的人都下車，老人對漢密斯說：

「可以請你待在車上嗎？不然要再把你抬上去固定很麻煩耶。」

「我覺得你問錯對象了。」

漢密斯說道。老人說「說的也是」，然後問少女同一個問題。

「放心，反正車子就停在這裡，應該沒問題啦。」

少女說：

「既然漢密斯覺得沒關係，那就沒關係……」

「知道了。」

於是漢密斯便留在原地，其餘三人便走進一戶人家。打開木門後，走進略為昏暗的室內。

一進去就是客廳，但沒有半個人在。裡面只有一張小桌子跟兩張椅子。還有一個沒有點火，磚瓦砌成的暖爐。

「…………」

少女摘下帽子，把防風眼鏡放在裡面，然後擺在摺好的大衣底下一併拿著。

「有人在家嗎？」

中年婦女對著屋裡喊。

「有，馬上來。」

裡面傳來女人的聲音。

「…………」

少女的左手緊握著帽子。

不久從裡面的房間走出一個女人。

她大概四十五歲以上，將近五十出頭。體態略胖，臉上還掛著圓框眼鏡。身上穿著綠色的連身洋裝，還圍了一條圍裙。

女人看到少女便笑著說：

「喔～就是妳吧？聽說妳這位可愛的旅行者知道有關我兒子的事情。」

「…………。是的。」

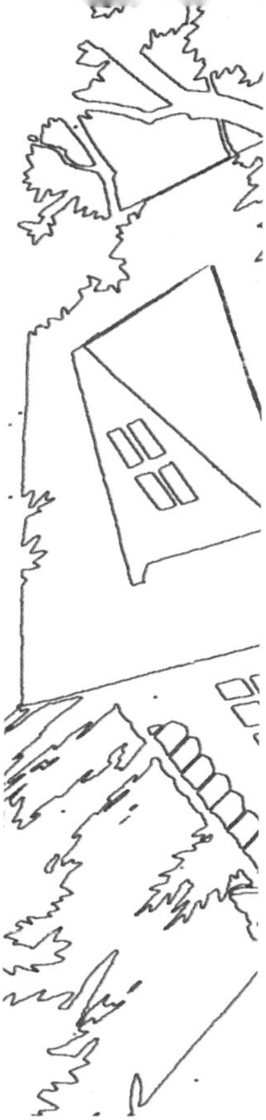

「妳叫什麼名字？」

「我叫×××××。」

「歡迎妳來，×××××。」

接著女人招呼少女坐下。她等少女把大衣放在膝上坐定之後，自己再坐到她對面。

「那我們呢？」

聽到老人這麼說，女人說：

「總之，先讓我們兩個人單獨談談，等一下可能還有事要麻煩兩位呢！」

於是帶少女來的那兩個人便從玄關走出去。

當門關上的聲音消失，屋內變得一片寂靜。過了好一會兒，首先開口說話的是少女。

「……呃，這個！——還給妳！」

她把摺疊整齊的大衣擺在桌上。

女人接下大衣，緩緩把它打開並翻開內袋看裡面的號碼。

「一點也沒錯，這是我兒子奇諾的大衣。妳是在哪裡得到這衣服的——」

「我全告訴妳！我把來龍去脈全告訴妳！」

少女大叫，並且激動到從座位探出身子。

「…………。我知道了。」

女人輕輕點頭，然後對少女說：

「在那之前，妳先把眼淚擦一擦吧！」

當少女拼命說明整個來龍去脈的時候，天空的雲被風吹散，露出準備下山的太陽。開始進入黃昏的天空，照著夾雜綠色與棕色的田園地帶以及木屋。室內充滿了交雜淺紅與橘色的空氣。

「這樣，原來如此。」

女人語氣平和地說道，少女慢慢地說了四次「對不起」。

「謝謝妳告訴我這些事。——因為他一直沒回來，就想說他可能從此下落不明，正準備要死心呢！在得知他的大衣送回來之後，就猜想他可能不在人世了。」

女人用不帶感情的語氣淡淡說道。

「對不起……」

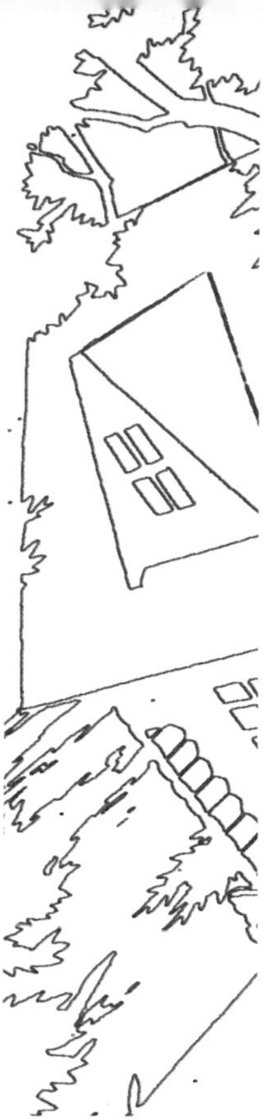

低頭對著桌子的少女小聲說道。

「妳再怎麼自責也無濟於事。」

「即使如此……我還是要說對不起。若不是我對爸爸媽媽說那種話……」

「那樣的話，妳或許就不會是現在的妳不是嗎？」

「可是……要不是我這個毫無關係的人……奇諾也就不會死了……如果我當初乖乖聽話迎接那天，迎接我的生日……」

接著女人的語氣突然改變。

「那孩子啊──」

語氣開朗得好像在話家常似的。

「那孩子曾說他很喜歡旅行。他說參觀各個不同的國家，有助於他自己跟祖國的成長。他出門好幾次，剛回來，隨即又馬上出門……我還猜想等他『成人之後』，可能幾乎都不會待在自己的國家呢！」

「…………」

「所以每當他離開這個國家的時候，我只能抱持著『他可能不會再回來』的想法等待。」

「…………」

「對了，回答我一個問題好嗎？」
少女抬起一哭喪的臉，然後小聲地回答「好」。
女人問：
「現在的妳有地方可回去嗎？」
「咦？——有的，可是……」
「那就好，那真的是很值得慶幸的事喲。所以妳應該回去那裡。不過今天已經很晚了，妳就在『這個國家』過夜吧。——我去泡茶給妳喝。」
女人從椅子上站起來走到客廳旁的廚房，然後動也不動。
「那個……」
過沒多久，少女像是想到什麼似地拉開椅子站起來。
「不用不用，妳不必幫忙，坐著就好。」
從廚房傳出這個聲音。

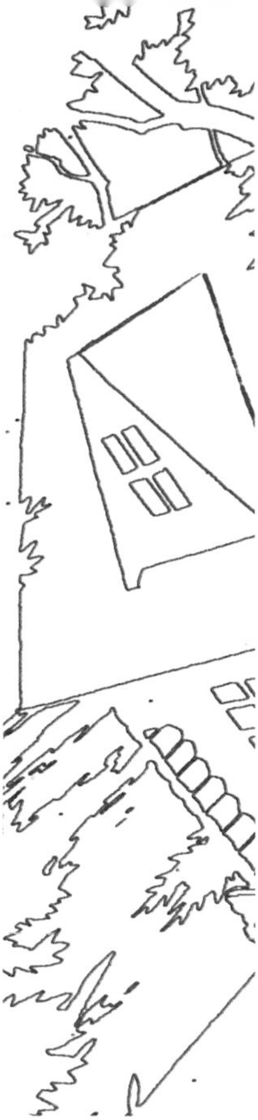

過了好一陣子就聽到燃燒的木頭爆開的聲音、開水滾的聲音，以及移動水壺的聲音。

在彩霞完全染紅的室內，

「…………」

少女盯著眼前的大衣看。

不久垂下雙手準備擺在膝上。

「！」

右手卻摸到什麼冰冷的物體。少女嚇得連忙把手抽回，然後慢慢往下看，確認剛才觸碰到的物體。

槍袋裡放著一把裝了子彈的說服者，黝黑的形體確實存在於染紅的空氣中。

少女刻意避開它，然後將右手往膝蓋上面移動。

「來，請用。」

兩個冒著熱氣的茶杯擺在桌上。端茶來的女人拿起桌上的大衣，走進裡面的房間。然後再走回到捧著茶杯的少女前面。她自己也坐了下來。

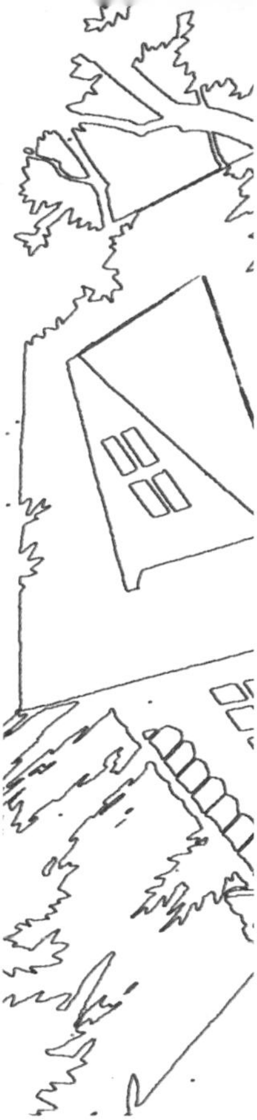

少女雙手捧著茶杯喝茶。

「燙不燙？」

她大概喝了兩口之後，說了一聲「不燙」。接著再喝一口。

「妳好像很渴的樣子。」

女人說道。少女把茶喝掉將近一半。

少女緩緩地吐了一口氣。

「茶，很好喝。」

少女如此說道，女人回答「謝謝」。

正當少女把茶杯放回桌上的那一瞬間，

「……咦？」

眼前的世界竟然慢慢往右傾。

隨即響起身體猛烈摔在地板的聲音。以及椅子倒地的聲音。

原本坐著的少女整個失去平衡，跟著椅子一起往左邊倒。右手把茶杯撥開，還弄濕了桌子。茶杯發出清脆的聲音從倒在地上的少女左肩滾在她的臉頰旁邊。她綁起來的長髮散在地板上。

「咦……咦……？」

少女抬頭看著扭曲變形的原木天花板，掙扎地擠出聲音。

染紅的空氣中，她看到女人遮住天花板的臉。靜靜低頭看著她的女人，對著她伸出雙臂。

「咦……？」

扭曲的雙手往她的喉嚨伸去。

「要不是因為妳……」

少女清楚聽到女人的聲音，接著喉嚨感受到她冰冷的手。

「要不是因為妳，我兒子就不會死！」

「！」

女人的手使勁掐住她纖細的脖子。

「……嘎！」

從少女的喉嚨硬擠出的氣息，變成簡短的聲音。

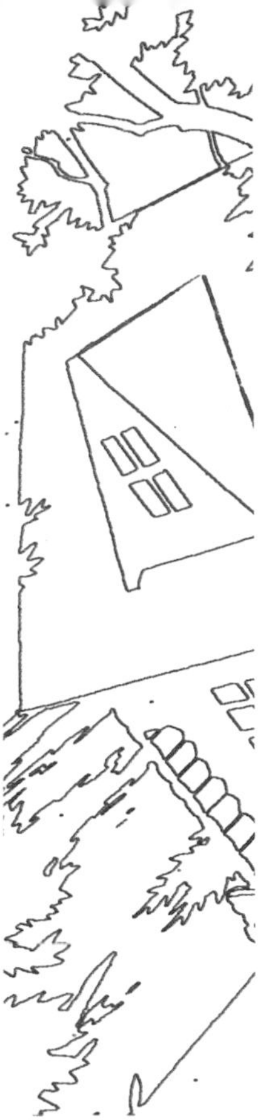

「要不是因為妳，那孩子會平安回來！奇諾會回來的！奇諾還會活得好好的！不是嗎？」

「……」

少女看不到在她正上方的女性的表情。只看見一個黑色的形體。

從窗外透進來的夕陽把整個屋子都染紅了。此時一個女人正用雙手掐住仰躺在地上的長髮少女的脖子。

「妳可知道那種痛苦？妳明白白髮人送黑髮人的心情嗎？妳瞭解苦苦等候的那個人的心情嗎？」

「……」

「要不是因為妳！」

女人的手臂更加使勁。

少女的嘴巴叫不出聲音也無法呼吸，只見她的雙手稍微往上移動又很快地放下。當她抖動的再次往上伸想抓住什麼，隨即又放下來。就在這個時候，她的右手碰到某個冰冷的物體。

她的右手抓著冰冷的物體，然後緊緊握住。她把右手臂往後伸好讓肩膀有辦法動，再打開槍袋的扣繩，發出黑色光芒的輪盤跟在槍管的後面出現。
女人把嘴巴張得大大的。用緩慢又清晰的語氣說：
「要不是因為妳，奇諾早就回來了。」
然後又重覆一次。
「要不是因為妳，奇諾早就回——嘎！」
左輪手槍長長的槍管插進女人正在說話的嘴巴。透過槍管感受得到少女的手在顫抖，而且在撞到女人的牙齒時還發出卡滋卡滋的聲響。
女人稍微鬆開掐住少女脖子的手。一度吸到些微空氣的少女，一面吐氣一面唸唸有詞地說：
「現在……是我……我才是奇諾……」
卡滋卡滋的聲音停止了。
「我怎能……再次……被殺……」

咚！

紅色的世界裡，在圍滿木材的客廳地板上。

壓著其中一人的那個人在模糊的爆裂聲發出的同時，像是遭到強烈電擊般地抽動。然後悶不吭聲地直往躺在地板的那個人倒下。

紅色的世界裡。

一個仰躺在地上卻昏迷不醒的人，身上躺著一個人。一個趴著死去的人，壓在一個人的上面。

大量流出的血染紅了其中一人的長髮。

紅色的世界裡，地板擴散著更紅的液體。

終於，就在太陽落到森林與城牆後方的同時，屋內突然急遽變暗。

「…………」

此時有雙人的眼睛從玄關旁的窗戶窺視這沒有半個人動的屋子。

隔天早上。

奇諾隨著黎明醒來。

她張開眼睛慢慢起身，原本蓋著的暖和毛毯往前滑落。奇諾往身上看，發現自己穿著乾淨的白色襯衣。

「……………」

「早安。」

突然有聲音跟她說話，奇諾朝聲音的方向望去，只見漢密斯正用腳架撐住。

「啊，早安漢密斯。」

奇諾如此回應，然後把視線往左移。床的旁邊是原木牆壁，早晨微弱的陽光從牆上面的窗戶透進來。

她再把視線往右移，發現這裡是個小房間，有簡單的桌椅跟衣櫥。桌上擺著洗乾淨且摺好的白襯衫、靴子、收在槍袋裡的說服者，以及帽子跟防風眼鏡。

衣櫥裡還整整齊齊地掛著黑夾克跟長褲。

「──這裡是什麼地方？」

對於這個含糊的聲音提出的疑問，此時從房間外面傳來回答。

「還在國家裡面，這裡是我家喲！」

邊說話邊打開門的，是昨天迎接她的中年婦女。

「現在是妳入境後的隔天早上喲！妳覺得怎麼樣？頭是不是還昏昏沈沈的？手腳跟舌頭是否還麻麻的呢？」

中年婦女用跟昨天一樣的語氣詢問，奇諾搖搖頭。

中年婦女便回答「那就好」。

「………」

奇諾坐在床上瞪大眼睛發呆好一陣子。她輕輕呼吸，慢慢地上下轉動纖細的肩膀。

然後，

「那個人呢？」

奇諾簡短地問道。

「葬禮跟下葬都在昨晚完成。」

中年婦女答道。然後說「我等妳把衣服穿好」之後就走出房間。

奇諾下了床，看著擺在前面那些自己的衣服。夾克的衣領毫無髒污。

奇諾做跟昨天一樣的打扮。她在黑夾克的腰際繫上皮帶，把槍袋懸掛在右腿的位置。只開了一槍的左輪手槍上，還黏著一點點乾掉的黑色物體。

正當奇諾準備把頭髮拉出夾克外的時候，

「……………」

她頭一次發現那東西沒了。

「我記得衣櫥裡都有鏡子不是嗎？」

漢密斯說道。奇諾慢慢往前走三步，站在鏡子前面。上面映著一個短髮的人。

「……………」

奇諾盯著那個人看了好一陣子。不久，鏡子裡的人動著嘴巴說：

「奇諾……我是──奇諾。」

「早安，奇諾。」

正當漢密斯這麼說的時候，房門打開了，昨天的老人跟中年婦女走進來。

「因為上面沾了好多血。雖然對妳有些過意不去，但還是請這個人把它剪掉──不曉得妳是否介意？」

奇諾的視線離開鏡子，轉而望著老人。然後簡短地回答「不介意」。

「是嗎？那麼請坐吧！」

老人說道。奇諾坐在床上，其他兩人則是把房間角落的圓椅搬過來坐著。

「那麼，該從哪裡請妳回答呢？」

老人開口說道，奇諾問：

「請問……我做的事情會受到什麼樣的處罰……？」

「在這個國家，『正當防衛』是無罪的。不過『幫助自殺』，這條罪可就不輕。懲罰就是逐出國外——這樣妳懂嗎？」

老人試探性地詢問，奇諾輕輕地點頭。

「我知道了。可是……為什麼呢？」

老人語氣平和地說話，跟外頭鳴叫的小鳥叫聲相互重疊。

「這個國家實在太多好好先生了——有些年輕人就是討厭這點才出外旅行。不過就算那樣，也是改不了這種天性。」

「…………」

「我們回歸原來的話題吧！那個人其實已經獨守家園等了好久。妳能夠瞭解當母親的從早到晚一直等待兒子歸來的心情嗎？」

「不瞭解。」

奇諾立刻回答。

「沒關係。」

老人點點頭。然後又說：

「妳就當做她知道自己不用再等下去之後，鬆了一口氣。加上一切都真相大白，她打從心底感到安心喲。雖說她讓妳吃了麻醉藥，可是一旦勒住手持說服者的人的脖子，她應該非常清楚會發生什麼事！」

「…………」

「懂嗎？」

奇諾搖搖頭說：

「不，我不懂。」

「或許吧，不過這樣也好。但是唯有這件事請妳務必要懂。」

「什麼事？」

奇諾問道，老人回答。

「妳再也不需要為這件事哭泣了。一切都結束了！」

「至於剩下的事我們會處理。現在妳只要回到自己的棲身之處就行。我已經跟妳當初進來那道城門的衛兵報備過，妳只要往一個方向直走就行了。」

奇諾推著漢密斯步出房間。她們穿過客廳，走到淺藍色的天空下。外頭淡淡飄著即將消失的晨霧。

走出外面的奇諾一度吸了長長的氣，

「拿去，奇諾。」

「活著的目標・a」
—life goes on.・a—

中年婦女雙手捧著什麼東西遞給她。

「…………」

那是摺疊整齊的棕色大衣，也就是奇諾帶來的那件大衣。

老人說：

「那個人留下這個跟一張紙條。紙條上面說不要把這件大衣跟她葬在一起，要把它送給妳。這好像是她以前送給兒子的生日禮物。現在——它是妳的了。」

奇諾不發一語地撐起漢密斯的腳架，從中年婦女的手中接受下來。

她把大衣打開之後披在身上，再把衣襟往前拉，想不到衣襬長到幾乎碰到地面。

「好長哦。」

老人說道。

「是很長。」

奇諾說道。

那天衛兵目送著一大早出境的旅行者。

騎乘摩托車的旅行者身穿棕色的長大衣，還把過長的衣襬捲在兩腿上。

衛兵目送駛進森林裡的旅行者之後，對著天空打了一個大大的哈欠，然後又走回崗哨。
晨霧散去之後，只見藍天在綠色的森林與城牆的上方無限延伸。

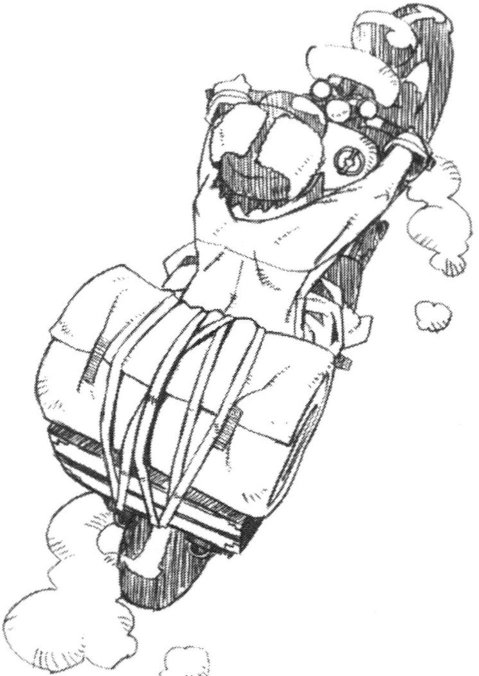

國家圖書館出版品預行編目資料

奇諾の旅：the Beautiful World／時雨沢惠一作；
莊湘萍譯．--初版--臺北市：臺灣國際角川，
2004-〔民93-〕冊；公分
譯自：キノの旅：the Beautiful World
ISBN 986-7664-77-9（第1冊：平裝）.--
ISBN 986-7664-95-7（第2冊：平裝）.--
ISBN 986-7427-08-4（第3冊：平裝）.--
ISBN 986-7427-41-6（第4冊：平裝）.--
ISBN 986-7427-60-2（第5冊：平裝）.--
ISBN 986-7427-89-0（第6冊：平裝）.--
ISBN 986-7299-19-1（第7冊：平裝）.--
861.57　　93002314

◉時雨沢恵一著作一覽表

「奇諾の旅Ⅰ　the Beautiful World」（Kadokawa Fantastic Novels）
「奇諾の旅Ⅱ　the Beautiful World」（同）
「奇諾の旅Ⅲ　the Beautiful World」（同）
「奇諾の旅Ⅳ　the Beautiful World」（同）
「奇諾の旅Ⅴ　the Beautiful World」（同）
「奇諾の旅Ⅵ　the Beautiful World」（同）
「奇諾の旅Ⅶ　the Beautiful World」（同）
「艾莉森Ⅰ」（同）
「艾莉森Ⅱ　白晝夜夢」（同）

對本書有任何意見及感想，歡迎來信指教。

■

來信請寄：

〒105台北市光復北路11巷46號5樓

台灣角川書籍編輯部收

■

Kadokawa Fantastic Novels

奇諾の旅 I the Beautiful World
作者／時雨沢惠一 插畫／黑星紅白
ISBN986-7664-77-9

『世界並不美麗。正因為如此才顯出它的美』。以短篇小說的形式串聯出人類奇諾與會說話的摩托車漢密斯的旅行故事。前所未見的新感覺小說登場。

奇諾の旅 II the Beautiful World
作者／時雨沢惠一 插畫／黑星紅白
ISBN986-7664-95-7

人類奇諾與會說話的摩托車漢密斯的旅行故事。以短篇小說的形式，串聯出前所未見的新感覺小說第2彈！書中登滿了超人氣黑星紅白的彩色插圖!!

奇諾の旅 III the Beautiful World
作者／時雨沢惠一 插畫／黑星紅白
ISBN986-7427-08-4

當奇諾跟漢密斯還在師父家的時候，奇諾她們的住處來了三名山賊？（「說服力」）。收錄共6話的內容。蔚為話題之新感覺小說第3彈！

奇諾の旅 IV the Beautiful World
作者／時雨沢惠一 插畫／黑星紅白
ISBN986-7427-41-6

來到某個國家的奇諾與漢密斯，看到一對吵得很兇的男女……（「兩人之國」）。收錄共11話的內容。蔚為話題之新感覺小說第4彈！

奇諾の旅 V the Beautiful World
作者／時雨沢惠一 插畫／黑星紅白
ISBN986-7427-60-2

前往某個國家的奇諾與漢密斯遇到一名男子。那男子希望能與她們同行，但是奇諾斷然拒絕。接下來……（「能殺人之國」）。收錄共10話的內容。

奇諾の旅 VI the Beautiful World
作者／時雨沢惠一 插畫／黑星紅白
ISBN986-7427-89-0

等待出境的奇諾與漢密斯遇到一名男子。那男子說過去殺了人，為了乞求原諒便跟一名女性出來旅行。（「她的旅行」）。收錄共11話的內容。

奇諾の旅 VII the Beautiful World
作者／時雨沢惠一 插畫／黑星紅白
ISBN986-7299-19-1

奇諾與漢密斯遇見了「移動之國」並入境。而那個「移動之國」前往的地方還有個「禁止通行之國」，之後……（「困擾之國」）。收錄共8話的內容。

Kadokawa Fantastic Novels

今天開始魔の自由業！

作者／喬林 知　插畫／松本手毬

ISBN986-7427-59-9

平凡的高中生澀谷有利，被馬桶的急促水流帶到了充滿歐洲風格的異世界！還莫名其妙成為真魔國的魔王？讓你笑破肚皮的刺激奇幻冒險小說，堂堂登場囉！

這次是魔の最終兵器！

作者／喬林 知　插畫／松本手毬

ISBN986-7427-87-4

一不小心就當上魔王的有利，為了尋找魔王的最終兵器——魔劍，踏上了尋劍之旅，卻遇到了不少窘境！絕對讓你捧腹大笑的奇幻冒險小說，再度登場！

涼宮春日的憂鬱

作者／谷川 流　插畫／いとうの

ISBN986-7427-88-2

第八屆「Sneaker」大賞受賞作。校內第一怪人涼宮春日，組了個「為了讓世界變得更熱鬧的ＳＯＳ團」，而外星人、未來人與超能力者皆應涼宮的願望出現了？

涼宮春日的嘆息

作者／谷川 流　插畫／いとうの

ISBN986-7299-20-5

率領ＳＯＳ團的涼宮春日，這次把歪腦筋動到校慶去了！只要她隨口一句，那些外星人、未來人、超能力者就會吃盡苦頭——暴走度ＮＯ.1的校園故事再次展開！

彩雲國物語　紅風乍現

作者／雪乃紗衣　插畫／由羅カイリ

ISBN986-7299-16-7

當荒廢政事的年輕俊美國君，遇上精打細算的貧窮貴族千金，一齣顛覆傳統的宮廷戲碼就此展開……。本作榮獲日本第一回BEANS小說賞獎勵賞．讀者賞。

聖魔之血　Reborn on the Mars I　悲歎之星

作者／吉田直　插畫／THORES柴本

ISBN986-7427-49-1

吸血鬼侯爵咎勒，企圖以失落的科技兵器「悲歎之星」毀滅人類，教廷派遣的巡視神父亞伯，能阻止咎勒的企圖嗎…「聖魔之血」長篇系列R.O.M.的第一集。

聖魔之血　Rage Against the Moons I　From the Empire

作者／吉田直　插畫／THORES柴本

ISBN986-7427-86-6

「聖魔之血」的前傳式短篇系列R.A.M.登場！亞伯神父在威尼斯，與真人類帝國派遣的女吸血鬼亞絲，聯手追捕逃出真人類帝國的重大罪犯…共收錄4篇故事。

Kadokawa Fantastic Novels

新羅德斯島戰記 序章

作者／水野良　插畫／美樹本晴彥

ISBN986-7993-72-1

年輕的瑪莫公王史派克經歷的邂逅及別離；炎之部族的女族長娜蒂亞激烈的一生；不死者之王的真面目…隱藏在羅德斯島的許多故事，現在正要開始！

新羅德斯島戰記1 暗黑森林的魔獸

作者／水野良　插畫／美樹本晴彥

ISBN986-7993-91-8

邪神戰爭結束已有一年，但邪惡之火仍在瑪莫島燃燒。內亂的徵兆、魔獸的出現及暗中活躍的舊帝國餘黨…年輕的瑪莫公王史派克要如何度過危機？

新羅德斯島戰記2 新生的魔帝國

作者／水野良　插畫／美樹本晴彥

ISBN986-7664-04-3

為了讓黑暗被光明取代，史派克與出沒於各地的魔獸戰鬥著。但是新生的瑪莫帝國卻在史派克展開周遊羅德斯之旅時暗中伸出魔掌，而露出了真面目！

新羅德斯島戰記3 黑翼邪龍

作者／水野良　插畫／美樹本晴彥

ISBN986-7664-28-0

襲擊瑪莫公國的不治之症──「龍熱」。這其實是新生瑪莫帝國設下的狡猾陷阱！以闇黑之島瑪莫為舞台，交織著熾熱的希望與龐大野心的第三集！

驚爆危機 當戰鬥的男孩對上女孩

作者／賀東招二　插畫／四季童子

ISBN986-7664-37-X

在千鳥要面前，出現了名叫相良宗介的轉學生，而在他所到之處都會引起不小的騷動。但他的真正身分卻是……。新時代校園軍事戀愛物語正式登場！

驚爆危機 管不住的一匹狼

作者／賀東招二　插畫／四季童子

ISBN986-7664-81-7

有人居然在專門製造麻煩的戰爭狂高中生相良宗介的鞋櫃放了一封情書，這會成為讓相良有所改變的轉機嗎？共收錄了本系列五篇短篇小說及特別篇。

驚爆危機 失控的One-night stand

作者／賀東招二　插畫／四季童子

ISBN986-7427-24-6

千鳥要誘拐事件後的兩個月，陰謀毀滅東京的恐怖集團開始向宗介等人發動攻擊，奔馳在深夜東京的宗介和小要能阻止這邪惡的計劃嗎？

Kadokawa
Fantastic
Novels

奇諾の旅VII
—the Beautiful World—

（原著名：キノの旅VII—the Beautiful World—）

2005年2月15日 初版第1刷發行
2023年5月10日 初版第9刷發行
作 者：時雨沢惠一
插 畫：黒星紅白
日版設計：鎌部善彦
譯 者：莊湘萍
發 行 人：岩崎剛人
總 編 輯：蔡佩芬
編 輯：黎夢萍
美術設計：宋芳茹
印 務：李明修（主任）、張加恩（主任）、張凱棋
發 行 所：台灣角川股份有限公司
地 址：104台北市中山區松江路223號3樓
電 話：（02）2515-3000
傳 真：（02）2515-0033
網 址：www.kadokawa.com.tw
劃撥帳戶：台灣角川股份有限公司
劃撥帳號：19487412
法律顧問：有澤法律事務所
製 版：巨茂科技印刷有限公司
ISBN：978-986-729-919-2